我与孙犁

WO
YU
SUNLI

清风犁破三千纸

肖复兴 著

天津出版传媒集团

天津人民出版社

图书在版编目(CIP)数据

清风犁破三千纸 / 肖复兴著. -- 天津 : 天津人民
出版社, 2022.7(2023.4重印)
（我与孙犁）
ISBN 978-7-201-18585-9

Ⅰ.①清… Ⅱ.①肖… Ⅲ.①书信集－中国－当代②
散文集－中国－当代 Ⅳ.①I267

中国版本图书馆CIP数据核字(2022)第103783号

清风犁破三千纸
QINGFENG LI PO SANQIAN ZHI

出　　版	天津人民出版社	
出版人	刘　庆	
地　　址	天津市和平区西康路35号康岳大厦	
邮政编码	300051	
电子信箱	reader@tjrmcbs.com	

策划编辑	宋曙光　张素梅	
责任编辑	岳　勇	
装帧设计	汤　磊	
封面题签	赵红岩	

印　　刷	天津新华印务有限公司
经　　销	新华书店
开　　本	880毫米×1230毫米　1/32
印　　张	6.75
插　　页	1
字　　数	70千字
版次印次	2022年7月第1版　2023年4月第2次印刷
定　　价	46.00元

总　序

宋曙光

　　几乎有将近一年时间，我内心一直埋藏着一个心愿。说是心愿，是因为不知道能否实现，所以一直存放在心里，有时会突然涌上心头，暖暖地让我一阵激动。去年夏天，孙犁先生逝世的第十九个年头，这个心愿竟有些按捺不住了，无时无刻不在搅扰我的心绪，像是在催化这个心愿能够早一天实现。

　　孙犁先生作为《天津日报》的创办者之一、党报文艺副刊的早期耕耘者，无疑是我们的一面旗帜。在新中国文学史上，孙犁以他独具风格、魅力恒久的文学作品占有重要地位。他在文学创作、文艺理论、报纸副刊等方面，均有丰厚建树。在孙犁病逝后的转年，也即2003年1月，天津日报报业集团为孙犁建成的汉白玉半身塑像，便矗立在天津日报社大厦前广场，铭文寄托了全体报人的共同心声：

> 文学大师，杰出报人，卓越编辑。任何人只要拥有其中一项桂冠就堪称大家。但孙犁完全超越了这些。这种超越还在于他人格的力量。八册文集，十种散文。从《荷花淀》到《曲终集》，孙犁的笔力在于他以平静的文字和故事，展现的是一个民族、一个政党、一个作家在残酷战争岁月的良知和良心；孙犁的心力在于他以冷静的笔墨和感情，记述的是一个民族、一个政党、一个作家在荒唐动乱年代的感觉和感悟。所有这些都奠定了孙犁作为文学大师的不朽地位……

痛失共经风雨的老编委、老顾问、老前辈，的确是一份无法承受的沉痛。二十年前那个飘雨的送别之日，每一位吊唁者都嗅到了荷花的清芬。夏雨中，无限的哀思被打湿、融化，沁入此后绵绵难舍的日月之河……孙犁先生离去之后，我常常与他的书籍为伴，这是逝者留下的唯一财富。打开它们就一定能有所收获，在纷扰的尘世中，每一次阅读都会有新的感知，有时竟读出了一种心静、释怀、豁然，不愿与浊流同污，不弃初志地向往纯真与高洁，有时还会沉浸到年轻时默诵的诸多名篇的意蕴之中……似乎孙犁仍旧陪伴着我们,感觉不到岁月在流逝。

孙犁先生去世后的这二十年间,有关孙犁著述的各种版本,仍在不断地出版发行,多达二百余种。喜欢孙犁的读者会发现,这些作品常读常新,没有受到时代的局限,文学的力量依然直抵人心,陶冶和净化着人们的心灵。孙犁没有离去,仍在自己的作品中活着,而活在作品里的作家终究是不朽的。

从2010年至2017年,在我主持《天津日报》文艺副刊工作的那些年,每到孙犁先生的忌日,我仍然会在版面上组织刊发怀念文章。延续这一做法的目的,就是为了宣传孙犁、纪念孙犁、传承孙犁,而且不惜版面地推出专栏、专版,也是为了日后能够保留下来一批翔实而有分量的作品,为孙犁研究提供具有学术价值的重要文献。这其中还有一个原因,那就是在我有了行政职务之后,也仍然身兼"文艺周刊"编辑工作,不计分管的版面有多少、日常工作量有多大,也一直没有脱离编辑一线,有了好的想法、创意就尽快落实,在版面上策划的有关孙犁的重点篇章,经常是亲力亲为。同时,对于一些带有偏颇或有损作家形象,甚至失实的文章,都被我们无一例外地拦住了,这是《天津日报》文艺副刊应有的职责与担当。那些存有较大疑点，或是内容待考、硬伤明显的稿件，宁可不发，也不能任其谬误传播，造成不良后果。所有这些，今天想起来，仍觉得这种认真是值得的，对得起我肩头曾经的这份责任。

孙犁先生去世二十周年，是一个重要的时间节点，应该编出一部重头的、具有纪念意义的大书。早在孙犁百年诞辰期间，我就萌生了想编一部纪念合集的想法，并已经做好了前期准备，但因为时间和精力的缘故，最终未能如愿。这个遗憾埋在心里，慢慢地便转化成为心愿，那就是等待和寻找适宜的时机，编纂一部真正高水准的书籍。

2022年是孙犁离世二十周年，就是一个极好的契机。这部书或许是一本、一套？经过反复构思、设想、完善，终于有一天，这个孕育已久的优质胚胎，逐渐地现出了雏形。它似乎应该是成套装、多人集，还应该是那种秀气的异形本，淡雅、清新、韵致、温馨、耐读……

当这个构想逐日接近成熟，便需要考虑哪家出版社能与这个创意相契合。而在此之前，必须先期约定好几位作家，首要条件是他们都要与孙犁有过交往、自己有相关著述，并且认真而严谨地对待文字。其次，他们与《天津日报》文艺副刊有着亲密联系，属于老朋友。这些，都是入选条件。我在自拟的名单上慎重而审慎地圈出四位作家，然后与他们逐一作了沟通。我预感他们一定会真心地考虑，并同意和支持我的倡议，这里面当然包含他们对孙犁的景仰。果真如此，当他们听到我真诚的邀约，不仅一致表示看好这个选题，而且在现时出版极为困难的境况下，他们都有着非常乐观的预期。

我想这套书理应留在天津，便去找了天津人民出版社。那座熟悉的出版大楼里有多家出版社，以前也曾有过很多朋友，但这次我却选择去了天津人民出版社。将同几位作家说过的话，又极其认真地复述了一遍。我认为说得不错，重点突出，还带有明显的个人感情。前后不过几十分钟，出版社编辑完全听进去了我的推介，承诺一定会慎重地研究这个选题。早在1957年1月，天津人民出版社便出版了孙犁的《铁木前传》，这是这部中篇小说最早的一个版本。此次他们将再续前缘，牢牢地把握住这次难得的机缘，当选题顺利批复的那一刻，足以证明他们的眼光和魄力。这套丛书不可否认地将会成为近二十年来，孙犁研究领域的最新成果，当令文坛所瞩目。

我跟几位作家通报信息时说，这套纪念孙犁的书籍倘能如愿出版，我的辛苦是次要的，首功应该记在天津人民出版社身上，是他们的视野和胆识、气度与格局，成就了这套书。他们以精细的市场调研、论证，高度认可了这个选题的原创性和独创性，将在孙犁先生去世二十周年之际，出版一套由五位作者联袂完成的怀念文集,为孙犁先生敬献上一束别致的心香。

这五位作者和他们的著作分别为冉淮舟的《欣慰的回顾》、谢大光的《孙犁教我当编辑》、肖复兴的《清风犁破三千纸》、卫建民的《耕堂闻见集》和我的《忆前辈孙犁》。我之所以向天津人民出版社推荐这几位作者,盖因他们都与孙犁有过几十年交谊,通过信件、编过书籍,在各自的领域里深读孙犁,成就显著。还因为我们之间相互信任,自1979年1月"文艺周刊"复刊后的这几十年,历任编辑辛勤耕耘,被他们认为是最好的继承。我书中"文艺周刊"这部分内容,就是想通过与老作家们的稿件来往,写出孙犁对这块园地产生的巨大影响,为孙犁后"文艺周刊"时期的研究提供最新史料,也为学者早前提出的"'文艺周刊'现象"提供更多佐证。可以说,这五本书都试图以各自独有的洞见,写出与众不同的孙犁、永远写不尽的孙犁,其情至真,其心至诚,其爱至深。

巧合的是,我们这五个人都曾有过编辑工作经历。他们几位更是熟稔编辑业务,对待文字有着超乎寻常的热爱、执着和认真,在整理作品、遴选篇目、编排顺序、采用图片等环节,他们的严谨、慎重给我留下很深的印象。还必须强调一点,那就是这套书均采用散文笔法,较之那些高深的理论文章,更适合于读者阅读与品味,因为书中写的是人,是生活中的孙犁,有着亲切的现场感。此外,在我们的写作经历中,多数人还从没有单独出版过有关孙犁的书籍,这是第一次。而像这样的合作形式别无仅有,几本书讲述的虽是同一个作家,但又绝不雷同,反倒因为作者不同的身份和经历,相互印证,互为弥补,使书的内容更显丰满与多彩。

若说策划这样一套书,算得上是一个工程,几本书的体量还在其次,关键是要集齐书稿并使它们融合为一个整体,在内容及体例上趋于一致。在只有几个月的时间里,我们需要一起努力地往前赶,有人需要查找旧作、增添新篇,还有的需要重新校改原稿,表现得极为认真。

那些日子,我天天在电脑前忙到很晚,但心情却是愉快的。全部书稿都是先阅看一遍后,再传到出版社编辑的邮箱,尽管有时已近半夜,但我不想在时间上造成延误,而我们这些合作者,都是按时、按要求交稿,从未拖延。这使得我和这些作家朋友,有了更多默契与话题,他们都曾是我在《天津日报》文艺副刊工作时结交的重要作者,与我们的版面保持着多年联系,也因为这块副刊园地,曾是孙犁先生当年躬耕过的苗圃,让他们感受到无尽的暖意。

在成书的最后阶段,天津人民出版社将丛书名定为"我与孙犁"。由此丛书名统领，我们这五个人笔下的孙犁，展现出了一幅较为全景式的孙犁全貌，这一形式之前还不曾有人做到。由此，我想到孙犁晚年"十本小书"最后一本《曲终集》，在书的后记中，孙犁曾引诗曰："曲终人不见，江上数峰青。"时在1995年，距今已有二十七年，其寓意可谓深矣：往事如云情不尽，荷香深处曲未终。

这五部书稿，原都有各自的序言或后记，但承蒙朋友建议、出版社要求，需要有一篇统摄全书的总序，我推脱不掉，只好勉为其难，谨将我们这套丛书形成的起始动因，作了如上说明。读者朋友在阅读书籍时或可作为参考，并请不吝指教。

特别感激几位作家朋友的倾情襄助，像这样真诚的文字交往并不多见，联袂出书这种形式更是难得。同时感谢天津人民出版社的鼎力支持，是他们帮助我——我们一起实现了这个心愿：在孙犁先生去世二十周年忌辰，我们齐心携手，各自以一本浓情的小书，共同敬献给孙犁先生，告知后辈的心语、已经传世的作品、一年比一年情深的荷花淀水……

2022年3月22日初成

2022年5月29日定稿

目　录

1

自　序

2022年是孙犁先生逝世二十周年，宋曙光兄一直惦记并操劳着，期冀出版一套丛书，以此表达一点儿对孙犁先生的怀念之情。承蒙曙光兄垂青，和我联系，希望我能加盟，编成一本小书。适逢年末，便赶紧驽马加鞭，毕竟这是我们的共同心愿。

新中国成立后，孙犁先生一直居住天津，除短暂外出，都是独守津门一隅，钟情笔墨，兴于读书，无意争春，知黑守白，远离文坛，亦远离官场，却一生自重并自惜于文字，"手指今余把笔痕"。不仅在天津，在全国，孙犁先生也是一个无可取代的存在。面对他和他的文字尤其是老年时留下的文字，作为文人和文坛，都应该有深刻的躬身自省。在他逝世二十周年的日子里,纪念他是应有之义。如今,要感谢天津人民出版社的鼎力支持,表达着他们和我一样对孙犁先生的怀念之情。我想,这是值得的,应该的。

这本小书,取名《清风犁破三千纸》,是从闻一多先生诗"唐贤读破三千纸"中借用过来,略改几字,其意想读者自会明晓。

全书分为上下两辑。上辑是我和孙犁先生的通信。1993年初,在《长城》杂志上,看到孙犁先生和邢海潮的一组通信,读后十分感动。因为这一组信件,几乎与文学无涉,但更见心性与人品。文学和文学之外相连,横竖打通,方才互为镜像,见得文学与文人真相貌。感慨之余,我写了一则读后感,寄天津《今晚报》,发表之后,我给孙犁先生写了一封短信,寄《今晚报》朋友,请他将信和报纸一并转交孙犁先生。没有想到,孙犁先生很快给我写来了回信。我和孙犁先生的通信由此开始,一直到1995年孙犁先生封笔时止。时间不长,只有两年多,也只有二十余封,却最可见孙犁先生晚年的心境。

在此之前,我和孙犁先生素昧平生,从未联系;一直到孙犁先生逝世,我也未曾见过先生。京津两地很近,我也常去天津,天津和孙犁先生相识的朋友也多,也常冒出拜访的念头。不过,都打消了,我人性疏懒,不愿走动;同时,我知道先生衰年独处，孤独，却喜静，便不想打扰，觉得真正喜爱一位作家，还是认真读他的作品，比前去谋面，更为重要。通信，便愈发显得比见面更让我心动而遐思幽幽。那两年，给孙犁先生写信，盼望孙犁先生的回信，让日子充满期待，感受到文学所带来的那一份难得的美好与温馨。这种古典传统的方式，纸上栖鸦，字间连心，无论对于我，还是对于孙犁先生，也许更为合适。在电脑尚未大踏步走入文人的生活时，这样的通信，大概是一襟晚照，夏日里最后的玫瑰了。

这些通信，在孙犁先生刚刚去世之后，我曾经拣出几封刊发，其余一直存放家里。我并没有收藏信件的习惯，唯独与孙犁先生的通信除外。重新整理这些通信，感慨良多。看那时我写的信，提的问题，都十分幼稚、单薄，孙犁先生却很宽容，厚爱待我，一一耐心作答，多有鼓励，并对我有求必应，先后赠我三幅书法（孙犁先生称之为"字幅"）。尽管我从未见过孙犁先生，重读旧信，感觉那样亲近、亲切。过去信中常用语"见字如面"，真的是如见先生，历历在目。

想那时，我四十六岁到四十八岁，孙犁先生八十岁到八十二岁，其实，以那时年龄的阅历与识见，我并未完全理解孙犁先生。今天，我已经接近孙犁先生当年的年龄了，多少理解了一些，心情便越发难受，特别是看到他信中所说，自己独自一人,枯坐室内,用废牛皮纸为旧书糊封套,以度长日,真的令我感慨万千。晚年的孙犁,是一本大书,而我的认知和理解,只停留在封面和扉页上。

这本小书的下辑,是我写的读孙犁先生作品的读书记。晚年孙犁先生爱写读书记,写了大量的读书记。我是学习,也写读书记,写得自然单薄,却集中一人,特别是孙犁先生逝世后,我几乎每年写一篇读书记,更多的是想以此表达对孙犁先生的怀念。我说过,对一位你心仪的作家表达你感情的最好方式,就是读他的作品。

我重读孙犁先生的《白洋淀纪事》和《铁木前传》,更着重读"耕堂劫后十种"他晚年的作品。孙犁先生晚年作品,文风大变,思想的含量多于前期作品中的情感含量,读来感慨良多。他对历史与现实、世风与人情、文学与文坛,多有方方面面尖锐锋利的真知灼见和批评乃至批判。可惜,对其重视不够,研究亦不够,甚至多有回避。想当年孙犁先生在信中对我说:"据我的经验,目前好像没人听正经话。"风花雪月中,推杯换盏中,朱碧更易中,只有悲叹和无奈。

关于晚年文字,孙犁先生多次言及:

　　　晚年文字,已如远山之爱,既非眼前琼林,更乏步下

芳草。非时下之所好尚也。(《文集续编序》)

我从来不相信,朋友们对我说的,什么"宝刀不老"呀,"不减当年"呀,一类的话。我认为那是他们给我捧场。有一次我对一位北京来的朋友说:"我现在写文章很吃力,很累。"朋友说:"那是因为你写文章太认真,别人写文章是很随便的。"

当然,不能说别人写文章是随便的。不过,我对待文字,也确是比较认真的。

老年文字,聪明人,以不写为妙。实在放不下,以少写为佳。(《老年文字》)

这些文字中,有孙犁先生的自谦和自省,也有无奈和慨喟,还有欲言又止的弦外之音。对于喜爱并研究晚年孙犁的人而言,这样的晚年文字更值得一读。我的这本小书只有近七万字,为弥补其单薄,又赶写《岁末读孙犁》十则短札,读的都是孙犁先生晚年的文字。这些晚年文字,铅华洗尽,春秋阅尽,各色人等的嘴脸看尽,更为清癯而如冰冷的骨架,刺世刺心,读来更有嚼头,绝非眉样文章可比。便更为我敬重、感喟不已,并多有无言的伤感。

小书编罢,已到年底。新的一年即到,孙犁先生逝世二十周年即到。写了一首小诗,录于自序之后,以作怀念:

幕落夜深人散时,疏灯细语诉相知。

霜风犁破三千纸,雨雪吟成一世诗。

铁木栖鸦别前传,书衣化蝶立新枝。

清癯笔墨清癯意,洗砚依然尽可思。

2021年岁末于北京

上辑：我和孙犁先生的通信

（1993.3—1995.8）

复兴同志：

晚报刚刚送来，您3月7日的惠函，和登载大文的报纸，当即拜读，对您的热情和理解，甚为感谢。

您写作很努力，成果不少。我以为：从长远看，还是严肃认真的作家，才有前程。

我身体一直不好，今冬尤其不佳。今后恐难执笔。但希望青年同志仍继续努力。

即祝

春安！

孙犁

3月17日（1993年）

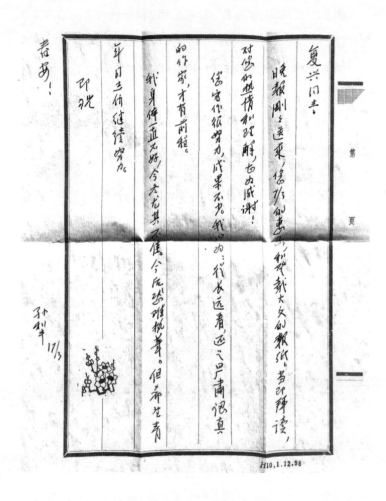

孙犁先生给作者的第一封信

复兴同志:

4月24日大函,今晨收悉,至为感谢!

您去年评我致邢海潮书信,其中一句,为河北报刊多次引用,可以说是知音之言。

您在各地报刊发表的短文,我能读到的,都拜读了。以为写得很好,文风很正。

当今,只是文风正,已很不容易,这其间,要有很大的自持力。因为文坛风气不正,致使一些本来很有前途的作者,受不住诱惑,走入歧途,每念及此,能不伤心!

我原来好发一些议论,屡碰钉子之后,乃知此非一人一言所能奏效,近日亦安于缄默。

贪图名利于一时,这是很容易做到的。但遗憾终生,得不偿失。我很为一些聪明人,感到太不值得。

也很少写东西,3月23日《天津日报》有一篇《读画论记》,还算是一篇稍为像样的文章,不知北京能见到该报否?

希望读到您更多的作品!并时常赐教!

即祝

大安!

孙犁

4月26日(1994年)

复兴同志：

24/4大札，今晨拜悉，至为感谢！

储志年评张政邢海潮之信，其中一句为

河北报刊多次引用，可以记之知音之言。

儒在各地报刊发表的杂文，我常读到

凡都拼读了，以为守法派好，文风亦好也。

当今，以文风可以征不察矣，这其

间，当有很大的自持力，因为文坛风气

孙犁先生1994年4月26日来信（一）

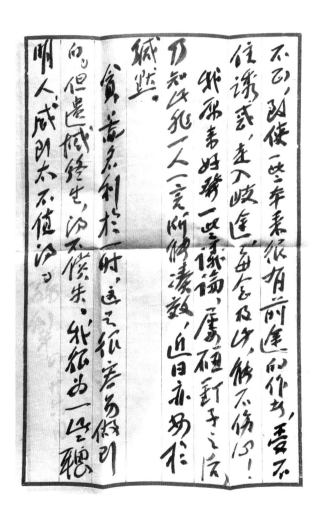

不可，即使一些本来很有前途的作者，要不
住诱惑，走入歧途，每念及此，徬不胜慨！
我所看好带一些争议论，屡经钉子之后，
乃知此死一人（意所修凌数，近日亦如杜
铖然。
贪慕名利于一时，这之征危易做引
句。但是减铩也，决不偿失。我很为一些聪
明人感到太不值得。

孙犁先生 1994 年 4 月 26 日来信(二)

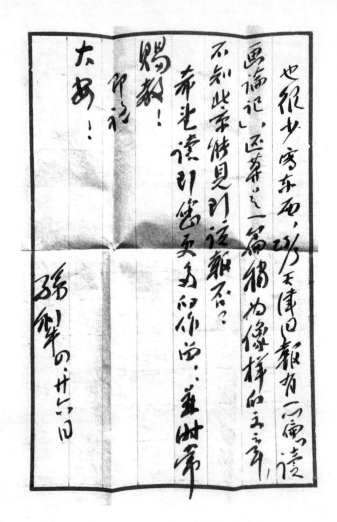

孙犁先生 1994 年 4 月 26 日来信（三）

复兴同志：

5月3日大函及剪报今天寄到，甚为感谢！

自听说有您读后感①，我就天天注意《今晚报》，结果，因五一放假，报纸没收到，还是寄漏了。

文章写得很好。但据我的经验，目前好像没人听正经话，只愿意听邪门歪道。无可奈何！

……（部分删节）

好几年以前，我曾在《记邹明》一文中，对文坛作了一个估计，不幸而言中，且百倍过之，能不气短？

寄上习字一帧②，希留念。

即祝

近安！

孙犁

5月7日（1994年）

---

①《今晚报》刊发的《生命的年轮》。

② 字幅为杜甫《寄彭州高三十五使君適、虢州岑二十七长史参三十韵》中的诗句——

高岑殊缓步，沈鲍得同行。意惬关飞动，篇终接混茫。

举天悲富骆，近代惜卢王。

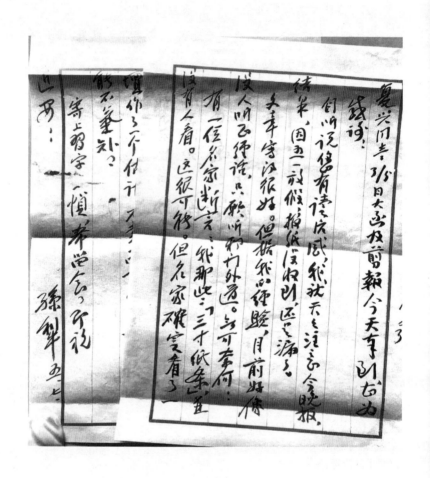

孙犁先生1993年5月7日来信

孙犁先生赠作者的书法（一）

复兴同志:

　　刚刚收到 5 月 18 日来信,随即寄上字幅一①。

　　书信事:5 月 7 日一信不要发表②。其他,发表前,望看一看,有无得罪人(具体)的话,如有,请径自抹去,不必商量。因这些事,引起纠纷,是很无聊的。

　　请问关鸿③同志好!

　　匆复。即祝

近安!

孙犁

5 月 21 日(1994 年)

---

　　① 此字幅是我收到上封信字幅后,写信对孙犁先生说能否写一幅字体大一些的字幅,我想装裱镜框挂于房中,先生特意写来的——
复兴同志正
千秋万岁名,寂寞身后事。
孙犁
一九九四年
　　② 此信为上封,其中删掉了一些文字。
　　③ 肖关鸿,时任《文汇报》笔会主编。

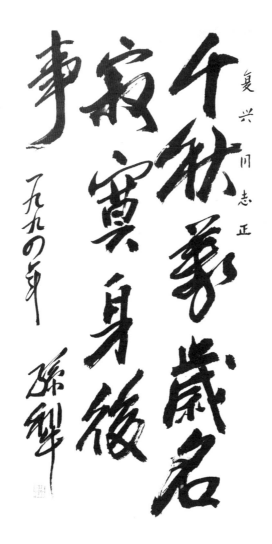

千秋事业藏名

寂寞身后事

复兴同志正

一九九〇年

孙犁

孙犁先生赠作者的书法（二）

孙犁先生①：

您好！近日收到您5月21日大札并字幅，谢谢您！这幅字真好！

上次您寄来的书法写杜甫诗句，"竹斋烧药灶，花屿读书床"，总让我想起您去年大病前后读书时的情景。不知您现在还要不要吃药，身体恢复得怎么样了？十分想念。而"高岑沈鲍富骆卢王"，包括杜甫自己，您说我们今天的文人与之相比，是如何还是奈何？

《天津日报》的朋友寄来3月23日的报纸，我仔细读了您的《读画论记》，我觉得其实是读画论世，裁书叙心。看到您又执笔写这样长而厚重的文章，真为您高兴。

您所写的众多读书记，我觉得是"文革"之后尤其是晚年文学创作重要的变化和内容，不知我这感觉是否对？我有些底气不足。我读完这篇文章，感慨良多，写了一则短文，昨天寄给《天津日报》，待发后寄您指正。不知您最近在读什么书，又在写什么新的读书记，很盼望读到。

我待会儿给肖关鸿写信，将您4月26日给我的信先发一下，遵嘱5月7日信不发。

---

① 存有给孙犁先生的信，自此始，以前的均未存底稿。

我也学着您试写一些读书有关的文章，在报纸上写了一个"书边絮语"的专栏，寄上几篇，请您有空帮我看看，提提意见，这样写是否可以？是不是写得太粗浅？

　　再次谢谢您的字幅！

　　祝好！

复兴

5月24日（1994年）

复兴同志：

5月24日惠函敬悉。石涛诗漏掉一个"幻"字①。

大作当即拜读，写得很好，这是一种写法，基本上还是散文或杂文，是世态描述，个人感受，而不是过去的读书记。过去的读书记是写版本、收藏。我们写不来，也干燥。您这样写下去，就很好。剪报附还②。

祝

近安！

孙犁

5月29日（1994年）

---

① 刊登在天津日报上的《读画论记》中所引用石涛诗"一笑水云低，开图幻神髓"，漏排其中的"幻"字。

② 我寄去三则文章：《偷来的李长吉》《猫头鹰的眼睛》《怕逛书店》。

孙犁先生：

您好！5月29日大札收悉。谢谢您对我的鼓励。有关读书记，我还想再请教您，记得您早讲过："元明两朝人，不认真读书，没有像样的读书记；清朝人，又重考证，枯燥。"元之前有关读书记，除您提到过的宋晁公武、陈振孙的书，还有什么读书记较为浅显又耐读一些呢？又，近代与现代，您觉得谁的读书记，又可一读？

您近来身体可好？念念！

祝好！

复兴

6月3日（1994年）

复兴同志:

　　顷收到6月3日大函,所询问题:

　　一、宋元以前读书记,除该二书外①,专书未见,然于一些笔记或文集中,亦多有关于书籍之记载。至于现代,则涉猎甚少。我看这方面的书,截至鲁迅、郑振铎。

　　二、有效途径,我以为最好买一部四库全书总目提要,或简明目录,甚为实用。另,可将鲁迅日记书账通读一遍,藉知一个作家治学之方。

　　三、您正在青年,读书当以中西兼顾为主,中国古籍择要读之即可。

　　四、四五两月,我情绪低落,几乎白白过去。仍读一些书法和画法的书,近日找出一些字帖画册观赏,都是过去商务、中华、文明、有正书局印的珂罗版。

　　读书烦了,就读字帖;字帖厌了,就看画册,这是中国文人的消闲传统,奔波一生,晚年得静,能有此享受,可云幸福!

　　即祝

大安!

孙犁

6月6日(1994年)

---

　　① 指宋代晁公武和陈振孙两人的读书记。

孙犁先生：

您好！6月6日大札收悉。十分感谢您对有关读书记详细的讲解。

我前些日子买了一本余嘉锡的《目录学发微》，一本《书目答问补正》，不知这两本书是否有价值，还望您能告我为盼。

不知您为何四五月情绪低落？是因身体，还是因他事？真想知道，请勿怪我。我很盼望您的新作，将您读画及书法的感受不断写出像《读画论记》的文章。希望您心情好些。

另，前些日子见到一位日本研究中国现代文学的雅子小姐，她在日本发表研究您抗日时期作品(主要是《光荣》和《嘱咐》)的文章，我向她要了一份，寄您一阅。

天气炎热，多加保重！

祝体笔两健！

复兴

6月12日（1994年）

复兴同志：

6月13日大函收悉。书籍尚未收见。

我的身体还可以，现已能下楼活动，回忆去年此时，正在医院手术，一年时间恢复成这样，实在可说是幸事了。然我患有忧郁宿症，情绪时常不稳，过一段时间也就好了，希勿念。

您买的两本书①，《书目答问》，我用了很多年，查考起来，简便实用。虽旧的版本，已无法买到，但新出的古书，还是可以参考的。余先生的著作，我读过一些，他对目录学，是专家。

天气突然变得热了，昨晚天津无风奇热，一夜睡不实。

即问

夏安！

孙犁

6月17晨(1994年)

---

① 余嘉锡先生所著《目录学发微》和《书目答问补正》。

孙犁先生：

　　您好！6月17日大函收悉。知道您现身体大有好转，很为您高兴。如能下楼走走，还是多活动的好。只是近来天气炎热无比，一定要多注意，清早凉快些，走走最好。

　　北京近来一直闷热，且旱得要命，自开春以来，几乎未下过一场雨。老天真是怪了！您最近忙吗？一定不要太累。近日世界杯足球赛开战，我只是看看球，也很少写东西，不知您爱看不爱看足球？可以替您散散心。

　　天津朋友打电话来，说我写您的《读画论记》的读后感，本周一已发在《天津日报》，不知您看到没有？如没有，请告我，我收到报纸后给您寄去。

　　上次寄去的书收到了吗？念念！

　　天热，多多保重！

　　祝您

夏安！

复兴

6月22日（1994年）

复兴同志：

6月22日大函敬悉。您写的文章，在《天津日报》刊出后①，当天就读过了，写得很好。寄来的书也收到了②。这两天正在读，我读书很慢，您难以想像（象），但我读得很细，这也是年轻人难以想像（象）的。

您的回忆文章，使我得以了解您的身世。这很重要，了解一个作家及其作品，是一回事，分不开。不了解作家的身世，贸然谈论他的作品，是不妥当的。好像在街上，看人的面孔，总不会认识他的。

但据经验，作家的身世回忆，也有真实与否的问题，有的人在偶然的机遇下，成为名家，你就很难见到他真实的身世了。他的自传都带有传奇的成分，其作品之不可信，就可想而知了。

您的身世写得很真诚，使我感动，并愿意继续读下去。您的童年，无论如何，不能说是幸福的，使我伤感。

先写到这里。

日本女士的论文③，我从中文字面看了一遍，还是很用

---

① 《读画论世》，发表于1994年6月20日《天津日报》。
② 《情思小语》，天津教育出版社，1993年12月出版。
③ 日本雅子小姐专门研究孙犁先生抗日时期小说的日文论文。

功的。

　　天津昨夜下了雨。

　　即祝

编安！

孙犁

6月25日（1994年）

孙犁先生：

您好！6月25日信昨天才收到，京津两地这么近，邮路却不通畅。读后很感动。那么热的天，您身体又不好，居然还如此仔细读我写的文章，心里非常宽慰。

散文也许最难藏拙、矫饰自己，最能露出尾巴。连写散文都能万般风情，这样假贵族式的文人，当今很时髦。我看不上这样的文人，便也自己警惕着自己。

真希望得到您的批评，希望您将这些天看过我的这些文章的意见告诉我。不知您是否已经看到《母亲》那一篇，那一篇稍长些，自以为融入我的心血，因为现在一想起母亲，心里都不好受。那时，我太年轻，太不懂事，等稍稍懂事了，一切已无可追回了。我真想听听您的意见。我希望自己因有您的批评和鼓励而写得有进步，有底气。

天依然酷热难熬，一定注意身体！

想念您！

复兴

7月2日（1994年）

复兴同志：

　　您的信来得快一些，我发信，是托人代投，有时耽误。

　　您的书，我逐字逐句读完第一辑。其他选读了几篇。

　　在这本书中，无疑是《母亲》和《姐姐》两篇写得最好。

　　文章写得好，就是能感动人。能感动人，就是有真实的体验，也就是真实的感受。这本是浅显的道理，但能遵循的人，却不多，所以文学总是无有起色。

　　关于继母，我只听说过"后娘不好当"这句老话，以及"有了后娘就有了后爹"这句不全面的话。

　　您的生母逝世后，您父亲"回了一趟老家"。这完全是为了您和弟弟。到了老家，经过亲友们的商议、物色，才找到一个既生过儿女、年岁又大的女人，这都是为了您们。如果是一个年轻的、还能生育的女人，那情况，就很可能相反了。所以令尊当时的心情是很痛苦的。

　　当年《文汇月刊》，我是有的，但因为很少看创作，忽略了。又不看电影[①]。

　　这篇文章，我一口气读完，并不断和我身边的人讲，他们

　　[①]《母亲》一文最初发表在1990年第1期《文汇月刊》，后由孙道临先生为导演改编成电影《继母》。

有的看过电影。

现在,有的作家,感受不多,而感想并不少,都是空话,虚假的情节,虚假的感情,所以我很少看作品了。

谢谢您给我一个机会,得读了这样一篇好文章,并希望坚持写真实。不断产生能感人的文章。

即祝

暑安!

孙犁

7月4日上午(1994年)

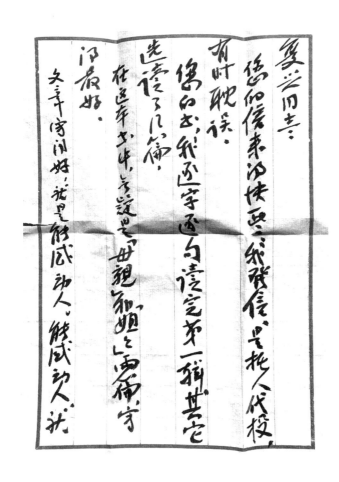

孙犁先生1994年7月4日来信（一）

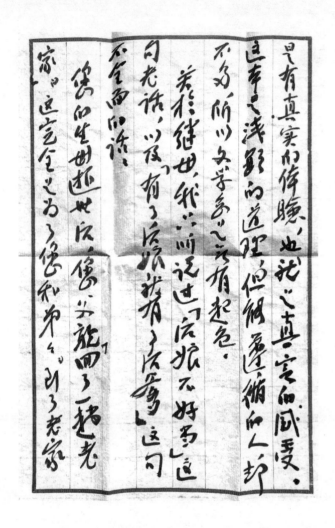

孙犁先生1994年7月4日来信(二)

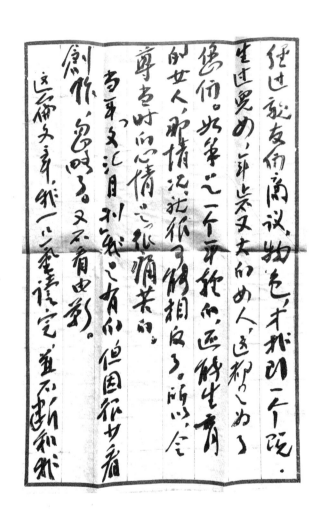

孙犁先生1994年7月4日来信(三)

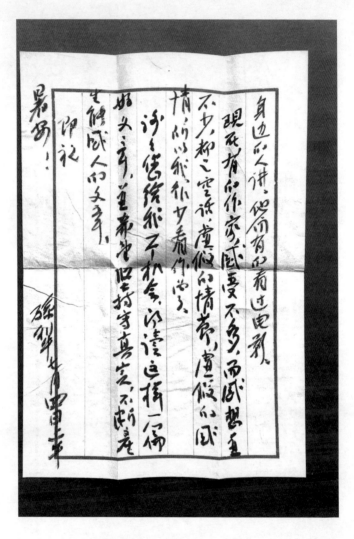

孙犁先生1994年7月4日来信(四)

孙犁先生：

　　您好！7月4日大函收悉。很感谢您。我想我的母亲和姐姐包括父亲一定也很感谢您！您说得很对，那时父亲所做的一切是为我和弟弟。只是我和弟弟都太小，不大理解，日后很长时间，我们长大了，其实也并未完全理解。现在，人们都说我还孝顺，我自己知道我并不孝顺，做了不少对不起父母的事。

　　正如您所说，文章写真情实感，本是浅显的道理，而现在却被时髦的新术语狂轰滥炸得好像不值一文。也许，文坛只有经过屡跌跟头之后，才能认清一点自己。其实，越是真理越是朴素的，而不在花里胡哨。

　　我会努力，争取写得更好些，不放弃其中浅显却朴素的一点，不负您的希望。

　　北京接连下了两天大雨，天气一下子凉快了许多。天津也好吧？念念！

　　祝好！

复兴

7月12日晚（1994年）

复兴同志：

　　前后来信均收到，甚为感谢。只是因为天气太热，坐不下来，很少动笔，写信就少了一些，请原谅。身体还可以，但也是每天提心吊胆，怕出意外。

　　希望你也保重身体，即祝

暑安！

孙犁

8月7日（1994年）

孙犁先生：

8月7日信收到，心中踏实了许多。天气太不正常，很怕您病。

这两天北京连下大雨，天凉快了些，可能天津也好些。还是要多加注意，尤其注意休息。很惦念，也很想念您！

此信不必复。待天凉快后再说。

祝好！

复兴

8月13日大雨中（1994年）

复兴同志：

8月13日大函收悉。天稍凉，开始弄些笔墨，近日整理两文，分寄新民、羊城晚报。前者题为《当代文事小记》；后者为《病句的纠缠》，均系病前旧作，略加篡改。然均针对名家，未悉能刊出否。

弟向以鲁迅晚年工作方式为戒，以为不颐养天年，而与无聊小人争，实不值得，近年体会，真如伟人所言，欲静不能，而如此正中彼等圈套也。

即祝

秋安！

孙犁

8月16日（1994年）

孙犁先生：

您好！8月16日大函收悉。

知道您又开始握笔写作，真为您高兴。天气凉快些了，我想您的身体和心情都会好些的。不过，您还是要注意身体，不要太累。

无聊的人总会无聊下去。您大可不必介意。保重自己的身体，写自己的东西最要紧，写作是您生命的一部分。我特别希望能再看到您《读画论记》那样的作品！

我与您前些日子的那封通信，上海《文汇报》肖关鸿已发出一个月了，我才看到报纸，不知他们寄您没有？剪下寄您。一晃几个月过去了，日子过得真快。

您这信笺真好！

即祝

大安！

复兴

8月25日（1994年）

孙犁先生：

您好！今天看到《羊城晚报》上您的文章，《新民晚报》上的文章，前几天即看到，不知您是否已见到？现剪下一并寄您。

现在，人们只爱听好听的，不爱听批评，如您所说的"托翁""托姐"①，蔚然成风，比"合法化"还厉害，有人颇吃这一套，像吃十全大补一般。

您现在身体好吗？又写什么新作吗？十分惦念！

前些日子曾寄您的信及剪报，不知是否收到？

天气转凉，祝您身体康健！

衣食起居，还望多加注意。防盗门安装上了吗？

复兴

9月6日（1994年）

---

① 此语见《现代文事小记》。

复兴同志：

　　前后来信及剪报均收见，甚为感谢。您我通信，《文艺报》也登了一些。

　　您6日寄来的这两篇，原是旧稿，新民所登，系从羊城稿摘出，故有重复。

　　前几天，因寄出两篇稿子，又想起一些事，一口气写了一万字，总题为《文场亲历记摘抄》，已整理成四篇短文(每篇二千字)，分寄以上两报，未知结果如何。

　　即祝

近安!

孙犁

9月9日(1994年)

孙犁先生：

您好！信收到，知道您又写这么长的文章，很为您高兴。只是别太累了，注意身体。

您和我的通信，在文艺报上未见到。倒是在文艺报上见到转载您《新民晚报》上的那篇《现代文事小记》。不知您见到否？

中秋节即到，希望您能在中秋节那天收到这封信，带去我节日的问候。盼邮路畅通没有耽搁。

祝您中秋节快乐!

复兴

9 月 18 日晚（1994 年）

复兴同志：

　　来信于8月15日晚饭后收见，谢谢您的好意。但我多年已无赏月过节的习惯，那天晚上也没有到阳台上去。因为一是有风；二是外面高楼夹道，从下往上看，如坐井观天，月亮不一定能望得见。

　　我一切如常。

　　即祝

近安！

孙犁

9月24日（1994年）

孙犁先生：

您好！

我去日本一趟二十多天，前天才回来。您9月24日的信才见到，迟复为歉，

到日本这样一个地方，不知怎么搞的，心情一下子很复杂。在整个战后几乎一片废墟和我们差不多同时起步的地方，如今建设得那么快。那些个能说中国话的大多是老年人，大多是侵略过中国的"日本鬼子"。听日本话，心里总不那么舒服，虽然他们现在极尽客气之意。

您现在身体好吗？许久未能和您联系，很想念您。回来后即翻报纸，在《羊城晚报》上见到您新写的两篇文章《现代文事小记》《文场亲历记》，顺便剪下寄您。除这两篇之外，最近还有其他文章发表吗？是何处？请能告我，我想找来。您还在继续写吗？一切都想知道，如您有空，请给我一信。

祝好！

复兴

10月22日（1994年）

复兴同志:

收到来信,蒙您惦记,甚为感谢!

我身体如常,希勿念。八九月份在新民发了三篇,羊城发了三篇,新民还有一篇不知发了没有,题为《我观文学奖》。此外,本月底《人民日报》可能发一篇《作家的文化》。

又有很久没有动笔,原因是一写就准得罪人,也觉得没有什么用处。

读书也很少,总起来说,又在低沉阶段。

即祝

秋安!

孙犁

10月24日(1994年)

孙犁先生：

您好！您上一信早已收到。您发在新民等报上的文章均已读到。我想和您说还是有用的,毕竟有人欢迎,有人不舒服。

前些日子看到名家的一些东西,对眼前泛滥的一切都认为是时代变迁的必然,其实不过是折中主义。这是一种媚俗的时髦,我们的文坛堕落得可以了。

还是很希望读到您的文章,不知道前信您说的"低沉阶段"过去没有？

前天看到《南方周末》上介绍学人书画展上有您的书法,您见到没有？将此报一并寄您。那上面陈从周的兰画得干净而不俗。不知您以为如何？

另,您录的书谱是谁的？请告我好吗？

天气已冷,多加保重！

复兴

11 月 28 日(1994年)

复兴同志：

收到来信并附来的报纸，甚为感谢！

《书谱》是一本有名的草书字帖，为唐代孙过庭所书，也是他的著作，是论述书法的专著。

我一切都好，希勿念。十、十一两个月，什么东西也没写。每天整理旧书。我有很多木版书，都没有套，现在无事，就用废牛皮纸，给它们糊一个简易的书套，过去我都是用麻绳捆着，取用不方便。旧书本来都有布套或木夹板，卖书的户以为布套和木夹板还可以利用，留下，只把书本抛出，这叫"卖珠留椟"。当然这都是因为爱书的人不在了，才出现的问题。

我想您对这些事，没有兴趣。您写东西，题材很广泛，音乐美术无所不谈，这是很好的。

即祝

近安！

孙犁

12月2日（1994年）

孙犁先生：

您好！收到您的信，知道您一切都好，很是高兴。真想看看您自己动手糊的书套！现在已经没有多少人干这种费力的活儿了。正如您说的如今爱书的人少了。您为什么一边整理旧书的同时，不一边再写耕堂题跋书衣文录的文章呢？很想看到。

感谢您对我写作的关心。我一直在写，努力写好些。最近在《长城》发表有《读书两记》，是学您的文章写自己的读书感想。我想您那里应该有《长城》，如果有空，请帮我看看，很想听到您的意见。如没有或一时找不到杂志，我再寄去。

北京昨夜刮了一夜大风，天冷，多多保重！

祝好！

复兴

12月12日（1994年）

复兴同志：

新年过得好吧？前来信收到，您在《长城》发表的文章①已读过。张先生的书未读，王重民先生的书读过一些，这是位严肃做学问的人。过去在图书馆工作的人，如张宗祥、赵万里等人，一生抄书、读书。现在这样用功的人，很难找了。有些人读半部红楼，就能闯天下，大言不惭，吃一辈子，这不能说明他有学问，是说明当前的"读者"都是"书盲"，能被这些人唬住，太可怜了。

我一切如常，什么也没写。

即祝

近安！

孙犁

元月5日（1995年）

---

① 《读书两记》，刊于《长城》1994年第6期。

复兴同志：

　　新年过得好吧！前来信收到，你在农城路表的文章已读过。将先生的书找出读，王蒙先生的书读过一些。这一位是聚焦的做学问的人，过去在青岛。作品，你时常读，越万里来事人，一生抄书、读书。现在这种用功的人，很难找了，有些人，读半部红楼就神图天下大言不惭，也一罩了，这种神经州。他有学问，也就把前面读书，却不出言。

我一向如事，什么也没看。即祝

近安！

孙犁　元月三日

孙犁先生1995年1月5日来信

孙犁先生：

您好！昨天才收到您元月5日寄来的信，这是今年收到您的第一封信，很高兴。您对读书的感慨，我亦同感。最近，王府井上北京最大的新华书店搬迁一空，地皮卖给了香港人做商业大厦，只能让人悲哀。堂堂首都竟没有一个书店的立锥之地。说那里是黄金地段，黄金地段就得比书重要！

前两天在《今晚报》上见到您的照片，看这张照片，我觉得比以前显得苍老，不知您最近身体如何？念念！将剪报寄您。

我元旦前后到广州去了几日，见到广州文联和《羊城晚报》的朋友，大家对您发表在《羊城晚报》上的文章都很关心。我很为您高兴！

希望在新的一年里，您有好运！

复兴

元月13日（1995年）

复兴同志：

收到您的来信，那张照片，还是写实的。究竟是老了，一年不如一年，但大体还可以，有时也闹些小毛病，无关大局，希勿念。

我已经很久没写东西了，没有情绪。明春可能好些，春节期间太乱，我虽然不动，但总还有一些人来看我，就得勉强打精神应酬一番。春节来的人，大都是一年来一次的人，所以谈话也要慎重、平和，或者叫祥和。我每年都是这样警告自己，不要在节日生事。

祝您

春节快乐！

孙犁

1月24日（1995年）

孙犁先生：

　　您好！您节前的信我节后昨天才收到。不知您春节过得如何？一切还好吧？念念！给您拜个晚年！

　　我春节哪儿都没去，因我在北京没有一个亲戚可以走动。每逢过年总有点凄清，不过惯了倒也清静得很。

　　转眼春节过去，北京这两天天气立刻转热，昨天10度，今天12度，不太正常，您还要注意身体。天暖和后，您下楼走走，心情会好些。

　　还是盼望能见到您写的文章。想去年您写《读画论记》是3月，一晃又是一年的3月快到了，过得真快。愿春天给您带来好运气。

　　祝体笔两健！

复兴

2月7日（1995年）

复兴同志:

2月7日信早收到,春节烦乱,迟复为歉。每逢节日,我总整理些东西,以排遣寂寞。今年春节,写了两篇散文,一交羊城①,一交人民②,如能登出,您可看到,另辑录书衣文字六千字,已于《天津日报》③一次刊出,都意思不大,但总算开笔了。

即祝

近安!

孙犁

2月18日(1995年)

---

① 《记秀荣》,《羊城晚报》1995年2月21日。
② 《〈曲终集〉后记》,《人民日报》1995年3月6日。
③ 《甲戌理书记》,《天津日报》1995年2月15日。

孙犁先生：

　　您好！今天看到《羊城晚报》上您的文章《记秀荣》，不知您是否已见到？剪下寄您。看到您的新作，很为您高兴。看到文后写作时间，是大年初五。不知道这一篇是不是您今年写的第一篇文章？是我见到的第一篇，对比去年，您拿笔早了一个月。我说春天会给您带来好运的。真希望您的心情和身体都好转。北京气温这两天又下降，天津如何？身体还要多加注意！

　　前些天曾寄您一封信，想已收到？

　　即祝

春安！

　　　　　　　　　　　　　　　　复兴

　　　　　　　　　　　　2月21日（1995年）

孙犁先生：

您好！刚给您寄走一封信，就收到您2月18日的信。看到您又写了好几篇文章，真高兴。望您再写下去吧，很多人都很关心呢。

正巧，昨天《天津日报》宋安娜同志来北京找我，说春节期间见到您身体很好，而且在练书法，字越写越好，心里便蠢蠢欲动，很想再向您讨要一幅，最好是稍大一些的，不知是否可以？

即祝

春安！

复兴

2月25日(1995年)

1995年2月28日信遗失。内附此幅书法作品。

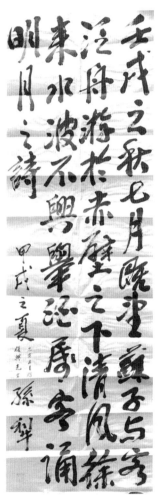

孙犁先生赠作者的书法(三)

孙犁先生：

您好！因外出开了几天会，您寄来的书幅才见到，迟复为歉。真是太感谢您了！

看这幅字是您去年夏天写的，不知您最近又新写一些什么？您的这幅字与以前不大一样，包括刊登在《南方周末》上的字。但具体哪儿不同，我又说不出来，看来书法与心情是有关联的。

祝您体笔两健！

复兴

3月（1995年）

复兴同志:

前后来信都收到,甚为感谢!

寄上剪报一纸①,另《人民日报》6日登了那篇后记②。

我的身体,还算不错,但年纪大了,精力越来越差了。

即祝

春安!

孙犁

3月19日(1995年)

---

① 1995年2月15日《天津日报》上的《甲戌理书记》。
②《〈曲终集〉后记》。

孙犁先生：

您好！信收到，剪报让您亲自寄来，真是感谢！《天津日报》的同志大概忙得忘寄了。

又看到您写了这么长的文章，真为您高兴。想您独自一人理书为文、与书独语的情景，心里涌出的感觉一时难以言说。现在还有多少这样读书人呢？

看您文最后写道："故园消失，朋友凋零，还乡无日，就墓有期。"很不好受。您是否悲观了一些？您身体还好，盼您心情更好！这份剪报您还有用吗？留存我这里行吗？

《人民日报》的"后记"看到了，不知您这本《曲终集》何时能出？最近的文章都在这本文集里了吧？

在《武汉晚报》上见到周翼南写您书法的一文，剪下寄您。

北京这两天大风，已是春天，并不见暖。望您注意身体。

即祝

大安！

复兴

4月1日（1995年）

复兴同志：

　　大函敬悉，弟今年身体及精力均不如去年，写作已很少。《甲戌理书记》后，又写了续记、三记及四记，均约每篇七千余字，已交《天津日报》，将陆续发表。因该报文艺评论每月一期，又不能每期都登我的文稿，全部登完，要到年底了。承问，简复如上。

　　即祝
近安！

孙犁

1995 年 5 月 18 日

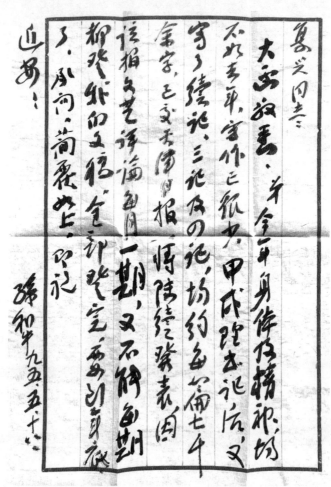

孙犁先生1995年5月18日来信

孙犁先生：

您好！收到您的信，很高兴。知道您仍然在坚持写作，而且每篇都是七千余字，很想看到。只是发表完毕要拖到年底，太慢了。

前两天在文艺报上看到一篇评您去年创作的文章，剪下寄您，不知您是否已看到，作者亦不知是哪里的。

您身体最近如何？念念！

祝您一切安好！

复兴

5月27日(1995年)

孙犁先生：

您好！许久没有见到您的信了，心里很惦念。不知您的身体、心情怎么样？最近又写什么新东西了吗？

我最近调到中国作协，去办刚复刊的《小说选刊》。不知道这一步走得如何，是否对路，作协多是是非之地，还望您多多指教。

刚去不久，一切都不熟悉。这一期（复刊二期）上，重新刊登您的《荷花淀》，大约9月出，出后我寄给您。

前天看到文艺报上评论韩映山同志写您的一本书，不知您是否看到，剪下寄您。我很想看到这本书，但北京未见卖，是哪个出版社出的，烦请韩映山告我一下，我好去找。

多日没有您的信了，望能抽暇给我一信，以释悬念。

祝好！

复兴

8月16日（1995年）

下辑：读书记

大味必淡

——读《芸斋短简》

作家书简是文学样式中最为别致的一种。翻阅托翁、契诃夫、拜伦、卡夫卡，直至鲁迅的书简，大抵是写给自己亲近的人的信件，一般都不事雕琢而真情流泻，不假粉饰而心迹坦露。这些书简，作家生前大多无意争春，未想发表，方才如自生自灭的野草般清新，天然去雕饰。一旦有意为发表而写，名曰书简，其实已是在作文章了。两者不可同日而语，区别是一目了然的。

最近看到《芸斋短简——致赵县邢海潮》(载《长城》1993年1期)，便是属于前者的书简，读后令人感动之余，也有些许怅然。

孙犁先生是我尊敬的作家之一。他的文品与人品，在中国当代文坛上独树一帜，是我辈须仰视才见的。在这五十多封致邢海潮的短简之中，足可触摸到近年来孙犁思想与感情真切的搏动。邢是他保定育德中学的高中同学，1935年，邢考入北京大学中文系，孙犁却因家境拮据无法升学退而还乡。未想此刻分道扬镳，竟铸就两种命运。孙犁参加革命，成为作家；邢成为大学副教授即难逃脱解放之后政治运动厄运，其妻病逝、幼子夭折，孑然一身，发配到东北教书。直至1987年退休返回赵县原籍，被邀编写县志，方知孙犁即同学孙树勋，便给孙犁写了一封信，从此鱼雁往还，遂有了这《芸斋短简》一束。

孙犁晚年写信皆用明信片，每封信都极短，一封一封单看如流水账，也许看不出来什么味道。这五十余封连缀一起，却看到一位可称得上真正作家的善良之心。当他收到邢的第一封信当日即复信："一别数年，经历实非一纸能尽。而今日弟又犯眩晕旧疾，故先致一片，以免悬念……"毫无居高临下之感，极尽善解人意之情。几年来，他信中关心老同学的身体，嘱"兄在乡村，可多看书，写些见闻，当可减少寂寞"。并将邢的稿件呈报刊发表，还不时寄书、剪报以及钱给老同学，甚至连稿纸的细微末节也考虑周到，请人专门寄去，"因县志稿纸恐将用完矣"。乡谊之深、旧情难忘，一个多病之身，还如此关心另一位孤独之人，使人直想起一句唐诗："谁肯艰难际，豁达露心肝。"

还有一细节,也让人难以忘怀。孙犁嘱"兄以后如寄挂号信件,可寄《天津日报》转弟。因弟大部分时间是一个人在家,下楼盖章不便"。但因寄往报社的信迟几日才转到手中,他又写信嘱"日后来信,仍望寄至舍下,以免稽迟"。关切之情,跃然简上。

　　细读这五十余封短简,不仅仅是言情明志,尚有今年来文坛出版界的缩影存真。虽只是偶然涉及,横枝傍倚,却勾勒得须眉毕现,令人意会神领。了解、研究衰年独处、著述不减的孙犁晚景时所思所悟所情所念者,不可不读这一组短简。这组短简确实言近旨远,所写都是生活日常琐事,极其平淡。在平淡中见出真性情、真性格,是大手笔使然。孙犁曾将汉书《扬雄传》中一句话抄送给邢海潮:"大道低回,大味必淡。"真乃过来人才能品味出的至理名言,孙犁的短简才不是为旁人观看而化妆得浓妆艳抹的摆设,而是如鸟飞天际、了无痕迹的艺术真品。

　　上海艾以先生要编一册《中国当代作家书信词典》,不知是否收入孙犁这一组短简。

　　　　　　　　　　　　　　1993年3月于北京

生命的年轮

去年第一期《长城》曾登载孙犁致邢海潮短简一组,今年第一期《长城》又刊发孙犁致徐光耀书信九封。一年的时光过得真快,这一年对于孙犁先生非同寻常,因为这一年是他八十岁,也是他从事文学活动六十年的日子。而且,这一年,他患了一场大病,对于一个八十岁的老人,这一年无论对于他的人生还是对于他的文学,都刻下深深的一道年轮。因此,对于关注孙犁先生的人来说,这集中新发的一组书信不能不看。

我极爱读孙犁先生的书信,尤喜欢读他致一人前后数年的一组书信,像是一条河水,潺潺流来,清新且连贯,可以真切细致地看到他为文为人的所思所悟所感所动的一簇簇浪花,一朵朵涟漪。孙犁的书信,一般很短,不饰藻华,如果说书信是散文的一种,那么别种散文再如何散淡,也是要作出来的,唯书信信笔由缰,款款道来,当行则行,当止则止,无须贵米巧妇之炊。想想时下有的作家连书信也做作得矫情万般,便愈发珍爱孙犁先生这样的书信。笔底作出来的,和心间流淌出来的,毕竟是两回事。无立身清远,难得宏才逸气。养气不足,自然便心血两亏。

孙犁先生致徐光耀这九封信,写在1992年9月以后的一年半之中。这些信一如孙犁先生以往的信一样,谈书论世,说人叙情,平易如同促膝交谈,白雪红炉,清茶淡烟。引我最为心动的则是他关于过生日的真实想法。去年,正是他八十岁的生日,他是具体有感而发的。

他明确说:"我从去年就通知各地亲友,不过'生日'。"

他又说:"当前,'研讨''庆祝',已流为形式,而一举一动,都要花钱,文艺团体又穷,只能去拉'赞助'。"

他言辞恳切地对徐光耀说:"'花钱买名声',尤其是'花别人的钱,替自己造声势',我极不愿为,而耻为之。但这话,只能向老朋友说。请您在开会时,再委婉地申明我的主张。光耀,我们苦难一生,到了晚年,还争个什么?特别是和'别人'争个什么?那会有什么用处?"

读到这里,我的心为之怦然而动,因为并不是所有人都能如孙犁先生一样清醒明智,恬淡自然。"花钱买名声",尤其是"花别人的钱,替自己造声势",有不少人极愿意,而乐为之,东钻营,西乞讨,找企业拉赞助,向上级报项目,让文学盖上商人和权力的印章,这样的"庆祝"和"研讨",不仅流于形式,更丧失文学自身本来拥有的贞洁和自尊,曲宫巧学,媚世苟合,或借他人扬名,或借他文谋钱,或炒自己增身价,或扯旗放炮把文坛搞成热闹的集市……文坛的堕落,并不比别处差;包上漂亮包装的假冒伪劣,在文坛一样盛行。

一个作家的得失荣枯,全靠自己的作品与人品。任何的涂抹无论再如何辉煌,也无济于事,皇宫的雕梁画柱终也漆皮斑驳脱落,时间是人生与文学这出大戏的主角。孙犁先生说得极是:"和'别人'争个什么? 那会有什么用处?"

文学说到底,对手不是别人,而是自己,自己的心和笔。孙犁先生的文章取心析骨,魅力常存,正在于他只和自己的心对话,只对自己的笔磨砺。我相信,没过八十岁生日、没进行六十年文学活动庆祝的孙犁,比有些活动频繁、生日豪华的人,更清静自在,文章更能长久留在时间这条长河里。

我想起十年前孙犁先生写过的一首自寿诗,其中有这样几句:

七十年

如果不是我不断掸扫

就是落到身上的灰尘

也能把我埋葬

这是生日的自省与勇气。

我想起还是十年前,孙犁先生致一位青年作家的信中的几句话:"无论各行各业,无论什么时代,总有那么一种力量,像寺院碑碣上记载的:一法开无量之门,一音警无边之众。"这法、这音,如果对文学而言,在我看来,就是作家高洁的精神和真诚的良心。这些话都是孙犁先生十年前讲过的,却依然历久常新。

"往来千里路常在,聚散十年人不同。"并不是所有的人,所有的文,都能经得起十年时光的淘洗,更不消说再长的时间了。

1994年4月

购《孙犁文集》记

　　早听说《孙犁文集》两年前就出版了,却一直未能买到。今年,托天津的朋友相助,从出版社书库中直接购出,方才如愿以偿。

　　书印得很好,虽函套上的荷花工笔显得有些望文生义,但精装的封面,内文的用纸,都很考究。

　　自古文人爱翻着筋斗,或官或商;或频于竖起各色招牌,或急于祭起他人旗子;或南有文稿竞价拍卖,或北有自我标价兜售……乞救于商界,讨好于读者,热闹于报端,谄媚于权势,躁动得如同铁桶里崩出的爆米花,真正意义上的文人很少,而且常被认为背时,赶不上新潮。

　　在我看来,孙犁先生便是这种很少的文人之一,便让我格

外敬重。重新翻开他的文集,看到他讲的:

> 我一生作文,像个散兵,我从来没有依附过什么人,也没有拉拢过什么人。
>
> 我说无论如何不能放弃写文章,你不叫我干别的可以,写文章好像对我很有用处。
>
> 要当有风格的作家,不能甘当起哄凑热闹的作家,不充当摇旗呐喊小卒的角色。

这些都是铮铮之言,并非所有文人都能够如此清心涤虑,像个散兵。想充当元帅和大将的太多,摇旗呐喊凑热闹混一杯羹喝的,便更多。

以前,曾爱读孙犁先生的小说散文,这次买来文集从头翻来,愈发爱读《书衣文录》《耕堂题跋》,以及大量的读书杂记。这些篇章,毫无装饰,言简意赅,读书学问之中,蕴含着世态风情与况味人生,读来十分亲近,仿佛先生就与你青灯黄卷、白雪红炉,促膝交流,常让你心头一振或会心一笑,有风雨故人之感。我想,这是繁华脱落、春秋演尽之后,才会呈现的质朴清醇的境界。幼稚,才如二八月乱穿衣追赶时尚;半老徐娘,才求救于脂粉,把自己的脸化妆成调色盘。

　　想起二十六前到北大荒插队，我曾带去孙犁先生一本《白洋淀纪事》、一本《铁木前传》，那时候，再能找到更厚一点的书，只有《风云初记》了（那时，我读到的《风云初记》，没有封面，也缺了后面不少页码）。二十六年中，孙犁先生著述不减，即使"文化大革命"时期还有《书衣文录》，如今汇成厚厚八本文集，除让人感慨岁月如流、人生如流外，让我感悟的是文人的较量，实在是马拉松的较量。一心为文，一生为文，才敢于将自己的文章不删不减全部拿出，而无过时之感。心有旁骛，打一枪换一地方，或先为官或先为商，而"曲线救国"于文学，也可能是文人，却不是孙犁先生这种文人，便也集不成这种文集。

　　当我把沉甸甸一箱《孙犁文集》抱回家，儿子先迫不及待一把剪刀剪断所有线绳，将纸箱打开，问我："这么好的书卖多少钱？"

　　我说："原价三百元，由于没有卖光，现在优惠我减价一半，"

　　儿子立刻翻开版权页："才印两千册，减价一半还卖不完？怎么有的书印几十万册，还买不到？"

　　儿子十四岁，读初二，才问这样的问题。我无法回答，只能告诉他，应了那句老话，市场上叫卖得最响的，不见得是最好的。有的书，是赚人的钱；有的书，是赢人的心。

1994年3月

读画论世

　　孙犁先生来信说：最近"很少写东西，3月23日《天津日报》有一篇《读画论记》，还算是一篇稍为像样的文章"。我找来这篇文章一看，知道是先生自谦，无论对于作者，还是对于读者，这都是一篇重要的文章。

　　《耕堂读书记》在孙犁先生文集里占有重要位置，我很爱看先生这样的文章。它们持论简而明，修词淡而雅，可以看到他读书做学问的老实与精深，还可以触摸到他对现实关注的脉搏与心跳。这从他"身处非时，凋残未已"时所作的《书衣文录》中，就可以看出。那时他"利用所得废纸，包装发还旧书，消磨时日，排遣积郁。然后，题书名、作者、卷数于书衣之上"。

　　现在，他的文字更为老辣。读书笔记或曰书话这一文体，历代繁衍,渊源颇深,孙犁先生在《谈读书记》中曾讲:"在古时,读书记,或藏书题跋,都属于目录学。目录之学,汉刘歆始著《七略》,至荀勖分为四部。"他所藏的宋晁公武的《郡斋读书志》和宋陈振孙的《直斋书录解题》,是读书记的鼻祖。书中遨游,笔底钩沉,当代作家中,如孙犁先生花费如此气力、写出众多文章、又不乏真知灼见的,并不多。因为这不仅需要学识,还需要胆识,需要不计利钝、不为趋避、不易操守。我觉得这是孙犁先生"文革"之后尤其晚年创作的重要变化和内容,研究孙犁先生文学创作的,应该引起足够的注意。

这篇写于今年3月13日的《读画论记》,约八千字,是先生去年大病之后发表的最长一篇文章,也是我看到的先生所写论画的唯一一篇读书记。这篇文章里有骨头,说是读画论记,其实是读画论世、裁书叙心。读它,长学问,也让我明目清心、爽脑快意。

读余绍宋《画法要录》,孙犁先生引录此书序例十一:"以狂怪狞恶为有气魄,以涂脂抹粉为美观,市井喜之……动开画会,自标声价,耳食者震之……后生小子,羡其易致富裕而博浮名也,竞趋而师事之。"先生说:"真是开卷有益,今日报刊之热题:文学为何走入低谷?作家为何不值一文?阅读六十年前的精彩之词,细而思之,所有困惑,不是都迎刃而解,拨开云雾,得见一片蓝天了吗?"燃犀以照,用历史观看今天,真让人哑然失笑,沉渣泛起,并没有走出历史的如来佛手心多远。先生感慨道:"人要自趋下流,别人是挽救不了的。艺术家亦然。"

读元汤垕所撰《画鉴》,这是一本讲历代画的书,叙述简洁,绘声绘色,文字不难懂,书中加注又通篇翻译成白话文,孙犁先生随手举出几例,比如:"道士牛戬,信笔作寒鹊野雉,甚佳。"(原文)"道士牛戬,信笔作寒鸦野雉等禽鸟,都是画得极好。"(译文)这种只添加几字的翻译,译与不译,相差无几。他指出:"古籍今译,今日大行。然细考之,有利有弊:太艰深者,难以译准;稍浅近者,又可不译。"又说:"目前,白话译古文,成为风气,而译者学识多不逮,这就更成问题。古籍能不译,最好不译;欲读古书者,最好硬着头皮去读原文,不借助当前白话译本。"看看时下书店书摊上泛滥的白话本,学识不逮者、多此一举者、谋财盈利者,比比皆是。听听孙犁先生的这些肺腑之言,不是没有好处。

在比较中国古代画论和画史书中著录题跋者、画家本身的不同文字后,孙犁先生说前者多"玄奥无稽之谈";后者"较为切实"。他举《画论丛刊》《石涛画语录》、米芾的画史为例,他喜欢米芾的画史,"以为这才是有血有肉之作"。他举石涛一首题画诗："吾写此纸时，心入春江水。江花随我开，江水随我起……"认为这首题画诗是石涛的一次创作体验、一次神游过程，是用捕捉到绢素上来的实践完成的画技六法，将"无法而有法，是为至法；无理而有理，是为至理。至法似无法，而法在有法之外；至理似无理，而理在有理之奥"这一客观、静止的理论化为平易近人。通过这些实例，孙犁先生阐述理论和实践的关系，从而发现这样一个事实："人世间，实践者留下的话少，理论家留下的话多，这真是令人无可奈何。"

令人无可奈何的情景，现今尤烈，针对时弊，孙犁先生指出："近年文论，只有两途，一为吹捧，肉麻不以为耻；一为制造文词，制造主义，牵强附会，不知究竟。余一生读书，颇受此等文字之苦，故晚年宁听村夫村妇之直言，不愿读文艺理论家之呓语。"这真是对有些理论家的妙讽。难道不是这样吗？不用太多的诱饵，一桌并不多好的酒席，即可把理论家一勺烩在席前，吹捧的话和啤酒沫儿一起尽情喷洒。而那些玄化的理论家，别看外语不懂，却像洗扑克牌一样，将那些洋人洋词随便抽出一张牌就敢卖；别看古文不灵，古书没读几本，庄子易经却可以如口水一样常常挂在嘴边唬人。这让我不禁想起在大学读书时，教我们中国古代戏曲史的祝肇年教授讽刺的有些人："读过哪一版本的《西厢记》？答曰：小人书也。"

"没有大智大勇,很难逃出这个圈子。"孙犁先生说得一点儿没错。

孙犁先生这篇《读画论记》,蕴含的内容颇多,比如还有宗教画、政治画、文人画、中西画的关系与对比;文字的规矩、艺术基本功;关于营营焉、攘攘焉、屑屑焉的投机下海者……知人论世,书中画外,咫尺应须论万里。当然,这不是眼前琼林、步下芳草的时尚文章,也不是花拳绣腿、锦衣玉食的时髦文章。写它、读它,首先需要坐得下来、静得下来,浮躁、喧嚣的文坛以及文坛以外,难道不需要这样清心败火、化痰解瘀一下吗?只是眼下能够这样静得下来、坐得下来的人,越来越少了。

1994年6月于北京

忧郁的孙犁先生

一晃,孙犁先生已经去世五个月了。我一直想写写孙犁先生,却又不知从何写起,面对电脑,枯坐半天,总是一片空白。这让我非常痛苦,我才发现有的事情有的人,真的想写却突然没有词了,那感觉就像欲哭无泪一样吧?

我常常想起孙犁先生,想起先生和我通过的那么多的信。我很想把这些信件都整理出来,为先生也给自己留一份纪念。可是,我不忍心触动那些难忘的、而且只是属于我们两人的岁月。那是一段多么难忘的岁月,在我的一生中,恐怕再也找不回那样恬静而温馨的岁月了。我表达着一个晚辈对他的景仰,他是我德高望重的前辈,却是那样的平易朴素,那么大的年纪却常常关心我的生活和写作,竟然来信说"您在各地报刊发表的短文,我能读到的,都拜读了。"而且按先生的话是"逐字逐句"认真地读,然后写来长信,提出批评,给予鼓励,文学变得那样地美好而纯净,远离尘嚣,我和先生仿佛与世隔绝一般,只谈读书,只谈往事。现在还会有那样的岁月和心境吗?

在孙犁先生活着的时候,我常常想去看望他,北京离天津并不远,况且在天津还有我的亲人和认识孙犁先生的朋友,我也经常去天津。但我还是一次次忍住了这个念头,我怕打扰一个喜欢安静的老人,说老实话,也怕和我想象中的样子出现偏差。心仪一位自己喜爱的作家,就老老实实地读他的作品吧。我知道我既不是他的学生,也不是他的研究者,也不是他的部下,而只是一个敬重他的作者和喜爱他的读者。本来离孙犁先生就很远,即便走近了,也不见得就能够看得清楚,就还是远远地保留一份想象吧。

孙犁先生去世之后,我读过了不少人写过的悼念文章,有些和我想象中的一样,有些和我想象中的不一样。我便问自己:我想象中的孙犁先生是什么样子呢? 想了许久,我得出的结论是:晚年的孙犁先生是忧郁的。我不知道,我的想象是不是对。那却是我的想象。没错,孙犁先生的晚年是忧郁的。

孙犁先生的忧郁,和他衰年独处有关。他文章中不止一次流露出"故园消失,朋友凋零,还乡无日,就墓在期"的感慨,他是一个情感极其细腻的人，他沉淀了岁月，洞悉了人生，所以在琐碎生活中特别珍时惜日，所以在秋水文章中格外取心析骨。

记得他读完我的《母亲》一文，知道我小时候生母去世后父亲回老家又为我和弟弟娶回一个继母的经历，来信说："您的童年，无论如何，不能说是幸福的，使我伤感。"然后，又驰书一封特别说："关于继母，我只听说过'后娘不好当'这句老话，以及'有了后娘就有了后爹'这句不全面的话。您的生母逝世后，您父亲就'回了一趟老家'。这完全是为了您和弟弟。到了老家经过和亲友们商议、物色，才找到一个既生过儿女，年岁又大的女人，这都是为了您们。如果是一个年轻的、还能生育的女人，那情况就很可能相反了。所以令尊当时的心情是痛苦的。"

前一封信，让我感动，我知道孙犁晚年很少再动感情，他自己在文章里说过："我老了，记忆力差，对人对事，也不愿再多用感情。"他却为我的一篇文章为我的童年而伤感。我能够触摸到他敏感而善感的心，便也就越发明白为什么在他早期的文章中充满对那么多人细致入微的感情描摹。我有一种和他的心相通的感觉，这不是什么攀附，只是普通人之间普通情感的相通。我相信他是不愿意他去世后被人称作大师的，他只是一个始终保持着普通人感情的作家,就像他始终喜欢布衣麻鞋粗茶淡饭一样。

后一封信,让我没有想到,因为在我写文章时候到文章发表之后,都没有曾经想到父亲当年那样做时内心真实的感情,而只是埋怨父亲。孙犁先生的信提醒了我,也是委婉地批评了我。真的,对于父亲,我一直都并未理解,一直都是埋怨,一直都是觉得失去母亲后自己的痛苦多于父亲。也许,只有经历过太多沧桑的孙犁先生,对于哪怕再简单的生活,才会涌出深刻的感喟吧,而我毕竟涉世未深。过去常看到别人说孙犁先生善于写女人,其实,他也是那样善于理解男人。我也隐隐地感觉到晚年的孙犁,和年轻时的心境已经不大一样,便总觉得有一种忧郁的云翳拂过他的眼神,善意地注视着我们,伤感地回顾着往昔,忧郁地看着现世——老眼闲看南北路,流年暗换往来人。

我不大清楚孙犁先生到底是如何看待自己晚年的文章的。我只知道在和我通信中,他特别提到过他的这样两篇文章,一篇是1989年写的《记邹明》,一篇是1994年写的《读画论记》。在他晚年的著述里,这两篇文章都算比较长的了。我觉得他自己是格外看重这两篇文章的。《读画论记》,他不计利钝,不为趋避,知人论世,裁画叙心,深刻道出对文坛的悲哀。

在这篇文章中,他说:"没有大智大勇,很难逃出这个圈子。"

我想起先生在给我的信中不止一次地流露出这种情绪:"贪图名利于一时,这是很容易的。但遗憾终生,得不偿失,我很为一些聪明人,感到太不值。"在信里,他对文坛许多现象给予了批评,比如对那些冒充学问的所谓注水书籍的一再批评:"这不能说明他有学问,是说明当前的'读者'都是'书盲',能被这些人唬住,太可怜了。"面对这些现象,最后他只有在信中感慨地说:"据我的经验,目前好像没有人听正经话,只愿意听邪门歪道,无可奈何。"我便忍不住想起他在文章中一针见血批评的话:"文场芜杂,士林斑驳。干预生活,是干预政治的先声;摆脱政治,是醉心政治的烟幕。文艺便日渐商贾化、政客化、青皮化。"也是,这样的话,谁能够听得进去,谁又愿意听呢?

晚年的孙犁,唯一能够给予他慰藉的只有读书了。他在信中对我说:"我读书很慢,您难以想象,但我读得很仔细,这也是年轻人难以想象的。"在另一封信中,他又说:"读书烦了,就读字帖;字帖厌了,就看画册。这是中国文人的消闲传统,奔波一生,晚年得静,能有此享受,可云幸福。"孙犁是以这样的心境退回书斋之中的,既有中国传统文人之习,也有无可奈何之隐。孙犁先生的去世,我是感到这样一代文人和文风已经基本宣告结束了。那种忧郁的太息和气质只存活在他的文字中了。

我知道孙犁晚年喜欢临帖书写，曾经请他为我写一幅字，他写来的第一幅录的是杜甫《寄彭州高三十五使君适虢州岑二十七参三十韵》中的诗句，诗里有"心微傍鱼鸟，肉瘦怯豺狼"和"竹斋烧药灶，花屿读书床"的句子，我不知道是不是先生的自况。他写来的第二幅字是"千秋万岁名，寂寞身后事"。我是感到他的旷达和超脱之外的一丝忧郁。他出的最后一本书，取的书名竟是《曲终集》，我隐隐感到不大吉利，曾经写信问过他，先生回信却没有回答，也许，是觉得我岁数还小不大懂得吧。

《记邹明》，有他自己人生的感慨，那是一则邹明记，也是一篇哀己赋。在那篇文章中，他说："是哀邹明，也是哀我自己。我们的一生，这样短暂，却充满了风雨、冰雹、雷电，经历了哀伤、凄楚、挣扎，看到了那么多的卑鄙、无耻和丑恶。这是一场无可奈何的人生大梦，它的觉醒，常常在瞑目临终之时。"我不知道别人是如何看这篇文章的，我是感到了一种往昔的梦魇与现实的无奈，交织成一片深刻的忧郁，笼罩在晚年孙犁先生的心头，拂拭不去。

孙犁先生一生不谙世故宦情，以他的资历和成就，他完全

"耕堂劫后十种"之《尺泽集》

可以像有些人爬上去的，但他只是如自己所说的："我的上面有：科长、编辑部正副主任，正副总编、正副社长。这还只是在报社，如连上市里，则又有宣传部的处长、部长、文教书记等。这就像过去北京厂甸卖的大串山里红，即使你也算是这串上的一个吧，也是最下面，最小最干瘪的那一个了。"

在一次孙犁先生"耕堂劫后十种"书籍出版座谈会上，我曾经讲过这样的话，我很想把这段话作为这篇迟到的悼念文字的结尾——

孙犁先生是中国真正的、有点老派的古典文人。知识分子是干什么的？就是干与知识相关的事情，孙犁先生的一生就是这样干的。面对这样的一个人，我们很惭愧。因为我们很多知识分子干的不是知识分子的事情，或为官，或为商，或争名于朝，或争利于市，这是孙犁先生作品中不断批判的。而孙犁先生的一生，干的是知识分子的事情，他不为官，也不为商，然而不是他没有为官的途径和条件。孙犁先生是一个真正的文人。回眸孙犁先生二十年,实际不止二十年,五十年或者更长,把他的五十年、六十年,一生的作品都展示出来,孙犁先生可以面不改色,不用脸红,每篇文章包括每封信件都可以和读者见面。现在有多少作家可以把自己所有的作品更不要说每一封信件,摊出来和读者见面呢? 包括所谓的大家。正如孙犁先生在《曲终集》中所说:人生舞台,曲不终,而人已不见;或曲已终,而仍见人。孙犁先生五十年的作品,不仅一直保持着这种创作的势头,而且保持着真正文人的这种态度。所以我说孙犁先生是真正的文人,做的是真正文人的事情,愿意称自己为文人的人,都应该有发自内心的深省。

2002年12月11日于北京

直面当今文坛

——写在孙犁先生诞辰九十周年

　　孙犁先生逝世周年，和孙犁先生九十岁的诞辰，在今年一年紧挨着，竖雕像，办展览，建纪念馆，开纪念会，研讨会，从今年的夏天到年末，活动不少。其实，我想按照孙犁先生的本意，就像是他不愿意被人尊称为"大师"一样，并非愿意人们好心地为他做这些事情的。这在1993年他写给徐光耀先生的信中就明确地说过："当前，'研讨'，'庆祝'，已流为形式。""'花钱买名声'，尤其是'花别人的钱，替自己造声势'，我极不愿意为，而耻为之。"（《致徐光耀》）更早在1982年，他就有先见之明地预测过身后之事："不为一时之名，亦不期后世之名。"（《芸斋琐谈》）

　　我以为，在孙犁先生诞辰九十周年之际，对先生最好的纪念方式，莫过于读他的书。一个活了近九十岁的作家，写了近七十年的文章，一直写到老，依然"面壁南窗，展吐余丝"，直至写到曲终而仍见人，是不容易的，不多见的。他是一位真正的作家，而不是那些仅仅靠头衔靠资历靠名声靠名片靠会议的所谓作家。作为作家，直面当今文坛，始终给予警醒的介入与毫不留情的批评，是只有鲁迅先生才具有的品质与品格。因此，真正的纪念，或者继承，就是将先生对于文坛取心析骨的警世给予我们今天燃犀以照。

我们真该好好回顾一下孙犁先生的这些警世之言。

对于文坛的风气的"商贾化、政客化、青皮化"，孙犁先生早在20世纪80年代就曾经予以如此尖锐的批评；90年代，孙犁先生又多次指出："因为文坛文风不正，致使一些本来很有前途的作者，受不住诱惑，走入歧途。"讲文坛要有相当的自持力，"没有大智大勇，很难逃出这个圈子"。（《读画论记》）

对于在商业大潮中迷失的文学与文人，孙犁先生曾经不止一次地痛说："创作长期以阶级斗争为纲，朝夕间一变而为向钱看，是一个大讽刺。写不健康的书，印它，出售它，吹捧它，都是为了一个钱字。"（《创作随想录》）

他又说："抵制住侵蚀诱惑，并不是那么容易的事，尤其是年轻人。有那么多的人，给那么低级庸俗的作品鼓掌，随之而来的名利兼收,你能无动于衷吗? 说句良心话,如果我正处青春年少,说不定也会来两部言情或传奇小说,以广招徕,把自己的居室陈设现代化一番。"(《谈作家的素质》)

他还借用前人之语说:"羡其易致富裕而博浮名也,竟趋而师事之。"继而严肃地警告:"人要自趋下流,别人是挽救不了的。"(《读画论记》)

对于文学批评,孙犁先生一再说:"近年来,文艺评论,变为吹捧。"在这样的吹捧下,"作家的道路,变为出入大酒店,上下领奖台"。他特别指出那些为某些作家吹捧的"托儿",不无忧虑地讥讽道:"托翁,托姐,终究要合法化。"(《当代文事小记》)

对于标榜新潮实则哗众取宠的沉渣泛起,孙犁先生说:"类似这些作品,出现在30年代,人皆以为下等,作者亦自知收敛,不敢登大雅之堂,今天却被认为新的探索,崛起之作,真叫人不得其解。"(《读作品记(五)》)

对于以色情描写来招引读者的风气,孙犁先生说:"女人衣服脱了又脱,乳房揣了又揣,身子贴了又贴,浪话讲了又讲。如果这个还能叫作文艺,那么依门卖俏、站街拉客之流,岂非都成了作者?"(《〈无为集〉后记》)

对于刊物频繁更换刊名和封面以招徕读者的风气,孙犁先生说:"如质量不提高,改头换面,究竟不是长远办法。而改来改去,尤其不像话,有失体面。什么买卖,也得讲究货真价实,只换门脸招牌,解决不了问题。"(《文林谈屑》)"更名不能使订数增加,又用裸体画做封面封底……裸体画,也有高下,也有美丑。用到此处,其目的,并非供人欣赏,而是刺激读者眼目,以广招徕……有人说这就是'搞活和开放'。我说,美术,用于不当之处,即为亵渎。将来如何开放,也不会家家用裸体女人,代替传统的门神。"(《风烛庵文学杂记续抄》)

对于越发泛滥的文学评奖,孙犁先生说:"在中国,忽然兴起了奖金热。到现在,几乎无时无地不在办文学奖……几乎成了一种股市,趋之若狂,越来越不可收拾,而其实质,已不可问矣。"(《我观文学奖》)

对于文坛官浮于文的官场化,孙犁先生说:"文艺团体变为官场,已非一朝一夕之事,而越嚷改革,官场气越大,却令人不解。""文艺界变为官场,实在是一大悲剧。"(《尺泽集》)"如果文途也像宦途(实际上,现在文途和宦途,已经很难分了),急功好利,邀誉躁进,总是没有好结果的。"(《风烛庵文学杂记》)

……

这里只是我随手翻到孙犁先生对于当今文坛的一些批

评。先生晚年,这样真知灼见且一针见血的批评很多。它们道出孙犁先生对当今文坛深刻的悲哀与关注,是留给我们的一笔不可多得的财富。只是,我们已经习惯于孙犁先生早就厌恶的花红柳绿一般的热闹,我们善于把逝去的名家当作装点今日的一种修辞和符号,我们愿意把他们的照片摆上主席台作为会议的横幅、座签或宴席上的鸡尾酒,我们愿意听一些官话、大话、套话、捧场话、过年话,我们还能够静下心来仔细读一下先生的书、聆听一下先生并不中听却不违心而是实在的教诲吗?

2003 年 10 月 28 日于北京

节制是一种性格

晚年的孙犁,主要写散文和杂文,很少写小说。20世纪80年代写过一些,名为芸斋小说,其实更多是写实,即使是小说写法,也和他在战争时期写的《白洋淀纪事》《村歌》,和他在新中国成立初期写的《风云初记》《铁木前传》,大不相同。孙犁先生一直反对别人称他"白洋淀派","白洋淀派"也确实概括不了他。晚年孙犁写的小说,近乎古代笔记小说,繁华删尽,只留下嶙峋料峭的枝干在风中瑟瑟抖动。他不愿意让自己的小说当成一面旗子或开满一树的花去招摇。

孙犁先生写过一篇短篇小说,叫《亡人逸事》,其实是散文。写的是他已经去世的妻子,一共写了四段:

第一段是写妻子出嫁之前的那段日子,一天下雨,她家屋檐下来了个媒婆,跟她爸爸的一段对话。她爸爸问媒婆干嘛去,媒婆说去村里说媒。她爸爸问说得怎么样啊?媒婆说门不当户不对,还没说成,女方条件差点。媒婆又说:"您家的二姑娘怎么样啊?现在想不想找对象啊?"这个二姑娘就是孙犁先生后来的老伴。她爸爸说:"怎么不愿意啊,你给说说媒去吧。"就这么个小细节,孙犁先生笔锋一转,一下子省略了其他过程,奔到了现在,他写道:就这样,经过媒人来回跑了几趟,亲事竟然说成了,结婚以后她开始跟我学认字,我们洞房里的喜联横批是"天作之合"。她点着头对我讲:"这还真不假,什么事都是天地之合。假如不是下雨,我就到不了你家。"

可以看出那种含蓄,那种文字老道,控制力的作用。在细的过程中有节制,哪些该细,哪些该点到为止,细到方寸上,写得干净利索,点到为止,恰到好处,没有任何多余的笔墨,这就叫作节制。干净和节制是联系在一起的。没有干净,谈不上节制;没有节制,干净是空洞的。从某种程度而言,节制是针对话痨而言的,是对流行的煽情的拨乱反正。注意语言的干净,做到鲁迅先生所说的将可有可无的字、段删掉,还比较容易,真正做到节制就难了,因为节制不仅仅是语言的事情,还关系着心情、心境,和对生活、人生的把握、态度和境界。

第二段写的是他们俩第一次见面,就是结婚之前。第一次相见是姑姑邀他去看戏,戏台前的一条长板凳上并排站着三个姑娘。听到姑姑叫他的名字,其中一个姑娘"腾"地站起来,这就是他老伴,是姑姑特意安排他们见面的。结婚之后,姑娘总是拿这件事开玩笑,她也总说姑姑会出坏主意。其实她的礼教观念很重,结婚好多年了,有一次我路过她家,想叫她跟我一起回家,她很严肃地说:"明天你叫辆车来接我吧。我不能就这么跟你走啊。"我就只好一个人回去了。

这段写老伴是个在封建礼教下很老派的人,写她的性格和出身背景。看戏和车接,是写这样性格和背景的两个细节。一样,还是干净和有节制。

第三段写老伴因为在家是二姑娘,娇生惯养,没有干过什么活,到了他家之后呢,跟着她婆婆一起劳作,下地,磨炼出来了。孙犁先生年轻的时候又离开家很长时间,所以家里老少的吃喝涮洗,都是她跟着婆婆一起做的。也都是生活琐事,却囊括一生,从一个娇生惯养的姑娘,变成一个纯粹的农家妇女,支撑起一个家。依然是干净和节制,却把历史写了进来。

第四段是最关键的一段。写了他老伴去世后,他的老同事劝他,说:"你应该写写你老伴,你老伴跟你不容易,你所有的事情都是你老伴帮你的,现在你的年岁已高,如果再不写写你老伴,你要撒手人去的时候,你会后悔的。"他就听从了这个同事的劝告,写了他老伴的这些旧事。这一节语言发生了变化,用的是文白参半的方式,和前后直接写老伴的语言不同,作者叙述的角度连带变化,文本之间就有了一种间离的效果。

最后他是这样写的:我们结婚四十年,我有许多事情对不起她,可以说她没有一件事情对不起我的。在夫妻的情份上,我做得很差。正因为如此,她对我们之间的恩爱,记忆很深。我在北平当小职员时,曾经买过两丈花布,直接寄到她家。临终之前她还向我提起了这件小事,问我:"你那时为什么把花布寄到我娘家去呢?"我说:"为的是你做衣服方便啊。"她闭上了眼睛,久病的脸上展现了一丝幸福的笑容。小说就到这里戛然而止。

我们可以看出孙犁先生惜墨如金,写得真的是非常有节制。实际上这小说最关键的地方就在这最后的两丈花布上。他没有把两丈花布用在前面,或者中间,而是刹在了结尾,是经过精心构制的。

为什么这样精心构制呢?就是因为孙犁先生知道节制的重要,知道好钢要用在刀刃上。如果说孙犁先生像我惯常的那样描写,老伴去世了,我很伤心,很怀念她,这就显得很一般,因为很多人都会这么写。全篇文字,孙犁先生没有一句思念的话,但他把对老伴的思念,都在这有节制的文字里面抒写了出来。

孙犁先生在总结自己创作的时候,说过这样一段话:创作规律有二,一曰感发。就是心有所郁结,无可告语,遇到景物,触而发之,形成文字。二曰含蓄。什么叫含蓄呢?不能一语道破,一揭到底。如果描写过细,就会表露无遗。虽便于读者领会,能畅作者之欲言,但一览之后没有回味的余地,这在任何艺术都不是善法。(《散文的感发与含蓄——给谢大光同志的信》)

节制,和艺术的含蓄连在一起。这是文字的性格,也是作者自己的性格。

2007年12月22日冬至于宁波

萧疏听晚蝉

读帖、习字、抄诗，是孙犁先生晚年常做的事情，既是功课，也是消遣。晚年孙犁先生最喜欢抄录的是杜甫的诗，而且不少是杜甫的五排。这里面有什么生活思想和写作方面的原因，或更为内在的微妙曲折的心理，我常觉好奇，期待着有心人的研究。

这里，我对孙犁先生晚年抄录的一首杜诗，说一点自以为是的浅陋理解，就教于方家。这首诗是我在孙犁先生的女儿孙晓玲的新书《布衣：我的父亲孙犁》前面的插页看到的。准确地说，是1994年11月18日孙犁先生81岁时抄录杜诗中的一小节。这首诗的全名为《秋日夔府咏怀奉寄郑监审李宾客之芳一百韵》。是首五排长诗，共一百韵。这首诗在杜甫一生创作的一千四百余首诗中，地位极其重要。清人浦起龙解释：

"古今百韵诗，自此篇始。"这也是杜甫自己唯一一首百韵诗。就是说，是杜甫最长的一首诗。

浦起龙还说："予观是诗制局运机之妙，在于独来独往，乍离乍合，使人不可端倪。""千古惟龙门有此笔法。"

同时，它是杜甫临终前三年，即大历二年秋天写的。

指出这样两点，也许是必要的，它可以帮助我们捕捉孙犁先生和这首诗某些内在的联系。晚年的孙犁阅读并抄录的杜甫晚年最长的一首诗中一小节，即百韵中的五韵。或许，能让我看到相隔一千多年的两位诗人某些命定相连的心理谱线。孙犁先生探究杜甫在艺术与人生都充满奇妙笔法的这首诗，我们也来探究孙犁先生这样的心理谱线上共振或共鸣之处。

杜甫写这首诗要送的郑审和李之芳这两位朋友，此时都在三峡外做官，离京城不远，而杜甫自己却在川内的夔州。久稽夔府，空想京华，三峡天堑，天远水长，无法归家，只能聊寄诗翰书札，思与远游。这是一首客在他乡的漂泊之作，是一首阻归困顿的思乡思友之作。特别是由于杜甫此时已到衰暮之年，在这首诗中他明白无误地写道："唤起搔头急，扶行几屦穿。"前半句搔头踟蹰而急切的心情袒露，后半句用现在的话说就是"今天能穿上鞋，就不知道明天还能不能再穿上了"。正因为如此，杜甫在这首诗中特别写道："吊影夔州僻，回肠杜曲煎。"思乡之情格外浓郁。这里的"煎"字,可以和前面的"急"字相对应。可以看出,此时的杜甫,由于年老而不得归又极其渴望归乡的心情与心境,是悲伤的,甚至是颓唐的,也是急切的,浓烈的。弥漫全诗的这种调子和气氛,是明显的。

孙犁先生选择的是全诗中间部分的一节。按照浦起龙的分析,这首诗一共分为十段,孙犁先生掐头去尾留中段,抄录的是其中第六段的后半部分:

> 共谁论昔事,几处有新阡。
>
> 富贵空回首,喧争懒著鞭。
>
> 兵戈尘漠漠,江汉月娟娟。
>
> 局促看秋燕,萧疏听晚蝉。
>
> 雕虫蒙记忆,烹鲤问沉绵。

从诗句本身而言,可以说是这首诗中最精彩的部分。可以看出孙犁先生老道的眼光。从诗意所蕴含的感情而言,则是这首诗中最沉郁的部分,可以看出孙犁先生对诗敏感的心地。

回首往事,朋友不是已经去世,就是如郑、李二位一样山水远隔。一首诗选择从这里抄起,猜想抄录时也是孙犁先生自己的心境了吧?

"局促看秋燕，萧疏听暮蝉。"恐怕就更是孙犁先生自己的心情。

"富贵空回首，喧争懒争鞭。"则分明是孙犁先生自己的内心的写照。

"雕虫蒙记忆，烹鲤问沉绵。"则更是准确无误地表达了孙犁先生对朋友的思念，文章既可以是经天纬地的大事，也可以是雕虫小技，蒙得朋友的记忆，便足可慰藉；书信往来，历来是孙犁先生恪守的交友之道，即便到了病魔缠身的垂暮之年，也是如此。

清人仇兆鳌说这一节是"伤故里难归"，是"喜知交足慰"。还应加上："叹文事喧争"，"哀旧友凋谢"。孙犁先生所抄录的这五韵，紧握杜甫这首诗坚硬又湿润的核心，又委婉地道出了自己回顾自己一生淡薄名利场耻于争官于朝、争利于市的心灵守则，同时，表达出晚年之际思乡思友的深情厚谊，借杜诗浇胸中之块垒，镜像互映。

在孙犁先生抄录的这五韵前面，还有另外五韵：

　　　　每欲孤飞去，徒为百虑牵。

　　　　生涯已寥落，国步乃迍邅。

　　　　衾枕成芜没，池塘作弃捐。

　　　　别离忧怛怛，伏腊泪涟涟。

露菊斑丰镐，秋菰影涧瀍。

浦起龙注解这五韵时说："'每欲'以下，忽接自己，局阵迷离。"在我看来，这五韵，第一句表达的是内心的孤独与忧虑，第二句表达的是对国家的牵挂，第三句表达了对家乡的思念。第四五句，西京之露菊，东京之秋菰，都是让杜甫最为怀念的故乡之物。尘戈漠漠，江月娟娟，却阻挠杜甫无法出川。从忧到泪，从国到家到家乡具体的影像，鲜明而多重意思的叠加，如同溪水从山崖层层流淌而下，气韵沛然，并没有浦起龙说的那样局阵迷离。它是这一段的总括，是下面孙犁先生抄录的那五韵的铺垫和大的背景，就像山有了云彩和天空的衬托，才有了自己明显的轮廓。

在这里，要特别说的是，杜诗中那种孤独而忧郁的情绪，我以为最和孙犁先生晚年吻合。记得孙犁先生逝世的时候，我写过一篇文章《忧郁的孙犁先生》，有朋友向我提出意见，说孙犁先生的一生是战斗的一生，怎么会忧郁呢？其实，晚年孙犁的忧郁心情与情怀，比他前期越发的明显。从他所抄录的杜甫的五排长诗，就可以触摸得到那委婉有致的律动。

2011年9月

布衣烹鲤问沉绵

——孙晓玲《布衣：我的父亲孙犁》读后

　　早在《天津日报》上读过孙晓玲回忆父亲的文章,这次读她在生活·读书·新知三联书店结集出版的新书《布衣：我的父亲孙犁》,感觉不一样。一篇篇文章像是荡漾起的一圈圈涟漪,汇成了一泓湖水完整的轮廓,一个女儿心目中的孙犁,便也不同于文人笔下的孙犁,显得格外感性而湿润起来。

　　这本书的独特价值,正在于是一个女儿的视角中的孙犁,让我看到了文字之外生活中特别是家庭生活中孙犁的样子。那样子,"布衣"一词概括得尤为准确,那确实是一种如今文坛上难以觅到的布衣本色的性格与情怀。除了弥漫在文字之中的父女情深之外,这本书所提供的关于孙犁日常生活、情感与思想鲜活的细节,无疑对于研究孙犁具有宝贵的史料价值。

　　这本书记述了孙犁对于新老朋友的感情,其中包括梁斌、方纪、丁玲、刘绍棠、铁凝等人,特别是对于邹明的感情描写得最为感人至深。关于邹明,孙犁早写过文情与思辨并茂的《记邹明》一文,晓玲别开生面记述了鲜为人知的孙犁对邹明家人的情景。在孙犁病逝的前两年,邹明的女儿丹丹去医院看望,"父亲一听说是邹明的女儿,努力地睁大了眼睛,看得出他心里的感动,目不转睛地仔细辩认着眼前的丹丹"。第二天,他让孩子准备一些营养品看望邹明的妻子李牧歌。病重时的孙犁对友人之情,令人感动。

　　当然,最令我感动的是孙犁对于家人的感情。晓玲用她真挚的心和笔勾勒出"心比嘴热乎"的孙犁内心世界不为人知

孙晓玲著《布衣:我的父亲孙犁》

的一隅。其中孙犁对妻子的篇章,晓玲写来感情弥深。"文革"期间的动荡,孙犁曾经几欲轻生,一次触电被灯口弹回,是妻子的开导:"咱不能死,咱还得活着,还要看世界呢。"让他挺了过来。妻子住院,孙犁从干校赶到病房,无处可坐,"一直贴着床边弯着腰和我母亲说

话,宽慰着她"。

妻子去世后,孙犁带着晓玲回老家,离村口一段距离,他让车停下,对女儿说:"下来吧,走着走!"无限的感情,尽在这简单的话语和行动之中了。当天中午,村支书请吃饺子,他默默地吃一言不发。第二天清晨,他沿着村头的钻天杨树下沉默地走,又让晓玲到母亲的娘家村里去看看。一个个的细节,一个个的行动,珠串玉环,将孙犁的内心波澜描摹得细致入微,无言而情深意切,可以视为孙犁的名篇《亡人逸事》的续篇,是孙犁情感与文字的延长线。

对于晓玲的婚事,从母亲临终前对父亲的嘱托,到父亲心情的急切,从不求人的父亲托人给自己介绍对象;到邀请对象来家见面;到婚前把一个存折给了晓玲,要她买一套家具;到祝福女儿"不希望大富大贵,只希望平平安安";到女儿旅行结婚前面对女儿抽烟时候的激动,一直到女儿结婚之际自己在书衣文录上的记载……如山间清溪一路流淌而下,清澈明目,委婉有致。而在临终前和晓玲的对话,问病,问衣,问从来未问过的女儿一直困难的住房,读来令人唏嘘。对于晓玲的儿子,孙犁疼爱有加,因为长得像在战争年代死去的自己的大儿子小普而让他伤怀念远,写得更是哀婉动人。

在这本书中,有关于孙犁稿费的处置,很能看出一位如此有名的作家的收入状况和心地与性情。"文革"前,孙犁的中篇小说《铁木前传》获六千元稿费,那时妻子患病住院,他嘱咐女儿拿这笔稿费中一部分替妻子交住院费,千万不要去单位报销。"文革"中,他将积攒的一共两万七千元稿费,除留下一点给妻子看病全部交了党费。那时候,好友田间告诉他五千元可以在北京什刹海买一个独门独户的小院(田间当时所买的小院至今还在)。临终前些年,出版八卷本《孙犁文集》,获一万零几百元稿费。他分给了四个孩子。

与此相对比的,是孙犁自己生活的简朴:桌布是用旧窗帘改的,旧藤椅上的棉布垫是用旧衣服改的,一块"薄如蝉翼"的手绢不知用了多少年,一块橡皮使到蚕豆大小,一个镇尺是用木头做的,一块肥皂使成片,一条毛巾用得透了亮。没有空调,一把蒲扇过夏天。没有热水器,冬天在暖气上放一个盛满凉水的白搪瓷罐,洗手就用里面的热水。晓玲还告诉我们:他"不喝酒,不交际,没饭局,没应酬。他吃饭很简单,就是过八十岁大寿,也是自己在家里吃一碗打卤面"。他一生只有两次参加外面的宴席,一次是为祝贺老友梁斌的长篇小说《红旗谱》出版,一次是他从青岛回天津请全家到正阳春饭庄。不知别人读到这里是什么感想,我以为对于热衷跻身准官场和中产阶级的当今一些作家而言,孙犁真是一个异类,也是一面镜子,一则警世恒言。

在这本《布衣:我的父亲孙犁》的前面,附有孙犁八十一岁时抄录杜甫的一首诗,其中最后一联是"雕虫蒙记忆,烹鲤问沉绵"。这是夫子自道,孙犁从来没有把写作当成多么了不起的事情。晓玲秉承着父亲的这一脉心情,质朴地书写并还原孙犁这样的布衣之情,让我心动,让我再次叩问自己:作家的人品与文品,作家存在的意义和价值。

2011年7月

铁木为什么只有前传
——孙犁先生逝世十年纪念

对于20世纪50年代的中国文学而言，孙犁先生的《铁木前传》，无疑是一朵奇葩。那个时代普遍意识形态的观念，超乎美学追求的文学，特别是同类以农村合作化为主题的文学作品，《铁木前传》凸显的异质性，使其成了凤毛麟角。有一个问题，一直困惑着人们：为什么只有前传而没有后传呢？

孙犁先生在世时，回答这个问题时说，在写作《铁木前传》第十九章时跌了一跤，然后大病了二三年，便匆匆写了最后的第二十章，草草收兵而无以为继。事情恐怕不那么简单。在孙犁先生逝世十周年的日子里，重读《铁木前传》，试图从文本出发，寻觅这一秘密的蛛丝马迹。

读这部小说，如同剥笋，最外面一层是农业合作化；中间一层是时代巨大变迁中友情和爱情的失落;最内一层是人际关系的变化和人性的触及。显然,最外面一层只是包饺子的皮,馅都在里面。最有意思的是,小说后面,主人公铁、木二匠尤其是铁匠,已从主角的位置退后,而将后出场的满儿成了主角。满儿也成为整部小说最出彩的人物。这种小说重心的位移,是孙犁先生有意还是无意为之,或是原来计划尚有后传而有新的情节铺设? 我以为这是解读小说并揭示小说为何只有前传的关键。

尽管小说中,不止一次用了"放荡"一词说满儿,也有"胸部时时磨贴在干部脸上"和六儿逮住鸽子让鸽子亲嘴配对的轻佻细节,但在具体的描摹中,可以看出对满儿是充满同情的。孙犁先生为满儿设置的前史:一是孤儿,二是寄生的家庭包娼涉赌,母亲和姐姐都不检点,三是婚姻包办。也就是说,满儿身上既有毛病,心里也有苦闷,并非单一平面化。所以才有了这样的描写:"她脸上的表情是纯洁的,眼睛是天真的,在她的身上看不到一点邪恶。"也才有了平常不爱开会,宣传婚姻法的学习却主动参加的描写。乃至有了和姐姐吵架之后独自跑到村西的大沙岗,看到一株小桃树被风沙压倒在地,她刨土把树扶正,然后掩面啼哭,那种顾影自怜,明显带有象征意味的场景。

　　最精彩的是小说第十七章,满儿与干部参加学习会,成为小说的华彩乐章。从开始的明显不高兴,到磨磨蹭蹭做饭,趁机逃跑不成,到转被动为主动,一路上作弄干部,一直到了庙中的高潮,写得一唱三叠,摇曳生姿。在庙中,是满儿咏叹调的独唱。她唱了两段发自内心深处的自白,一是庙会期间的夜间,青年男女像鸟儿一样自由自在从麦地里飞进飞出;一是抗战时游击队在庙的大殿里狙击敌人,尼姑送子弹,后来她们都还了俗,有一个最漂亮的尼姑嫁给了副村长的儿子。然后,她感叹道:"那么热闹的时候,我没有赶上。"

　　两段唱段的主题一致,即恋爱自由和婚姻美满。以致最后她说到有一个尼姑恋爱不自由吊死在庙里的时候,"脸色苍白,眼睛向上翻着,说着听不明白的话,眼睛流出泪来。"几乎扑倒在干部的怀里,大声地喊叫:"我看见了她!我看见了她!"如此,将唱段在最H处收尾,麦地里的青年男女——庙里送子弹的尼姑——吊死的尼姑,呈递进关系,其内心的痛楚,便不是"放荡"一词可以囊括的了。

　　在满儿身上,明显集中了孙犁先生的"同情"之心。实际上,孙犁先生十六岁发表的第一篇(写一家盲人的不幸)小说,便对底层人物寄予了同情,他谈及此时说过:"我的作品,从同情和怜悯开始,这是值得自己纪念的。"

在谈到《铁木前传》的写作时,孙犁先生特别谈到了真诚,认为这是现实主义的特点之一,同时,他还特意强调"真正的现实主义"。提及"同情"和"真诚"这两点很重要。孙犁先生最初接触现实主义文学,是读了叶圣陶先生的小说集《隔膜》之后。叶圣陶先生在当时的主张恰恰是"同情"和"真诚",在1921年出版的《文艺谈》一书中,他认为这两点"是作家应该培养起来的品质"。根据这一原则,他分为"诚的文学"和"不诚的文学",指出要做"真的文艺"。叶圣陶坚持的这种现实主义的创作伦理,也是孙犁先生一以贯之的。因此,我们才会发现为何在当时有关农村合作化的写作中,独孙犁先生的笔下没有那样意念在先吞吐时代风云的人物,而将同情的笔墨倾注于满儿这样的边缘人物上。"同情"和"真诚"这两点朴素的创作底线,便也成为孙犁先生美学追求的防线,他不愿意将简单的配合宣传的功利主义,凌驾于自己的美学追求。他明确地表示过:"那种所谓紧跟政治,赶浪头的写法,是写不出好作品的。"晚年的孙犁先,曾经提出过两个"远离":远离政治,远离文坛。这是他一贯的创作守则和心理谱线。

正是因为满儿的出现,加剧了孙犁先生当时文学创作的困惑与犹豫之情。因为小说中的主人公铁木二匠,尤其是倾注更多笔墨的木匠,同满儿一样,也不是吞吐时代风云的主人公。也就是说,同样不是属于描写合作化的新人物。木匠梦想打造一挂自己堂皇的马车的现实和必将遭遇的风波,让木匠成了老舍《骆驼祥子》笔下的祥子和柳青《创业史》里梁三老汉的集合体。那么满儿这一形象,则是五四文学娜拉和延安时期文学改造二流子的矛盾体。这样人物的性格与人性发展,本身潜在的矛盾,在农村剧烈变革期中的纠葛,便会显得越发的难以处理。因为这是在当时文学人物谱系中没有的,便会在当时讲究革命现实主义的文学语境中难以伸展,甚至遭受厄运。因为在以往形成定势的经典模式的叙述和描写中,满儿以青春和人性质疑并还原生活的内在矛盾,其人物塑造的修辞方式,将面临挑战。既然无力补天,又无意追风逐浪,不能去做当时李准《不能走那条路》一样观念性的直白呼喊,那么索性戛然而止,也是一种写作姿态的选择。

同时,孙犁先生也无法做到如柳青一样,因为《创业史》中的主人公梁生宝,是位没有前史(因是孤儿)的横空出世的英雄人物。无论满儿,还是铁木二匠,都是有着丰富前史的人,都有一个从旧农民蜕变为新农民的问题。无论铁木二匠的友情,还是满儿和九儿的爱情与婚姻,那种委婉有致的失落、怅惘与追求,都不是如梁生宝一样可以甫一出现即可瞬间缔造完成,而是要从前史到前传,再到后传,有一条漫长的时间延续的磨砺，才能彻底舒展开来的。这种时间性带给小说人物并带给孙犁先生自己的焦虑与担忧，在1956年写作《铁木前传》之后的时间点上凝聚并加剧，让他会觉得仅凭"同情"和"真诚"而于事无补。而让他违心地巧置新人（小说中的四儿和后面的九儿都不如满儿精彩），或者强化和改建主题意义的框架，为其后传化险为夷，他显然又不愿意。

孙犁先生曾说："我的胆子不是那么大。我写文章是兢兢业业的，怕犯错误。"是实在的话。同时，他又强调作家的"赤子之心"，说："把这种心丢了，就是妄人，说谎的人。"我以为，这两段话，可以作为孙犁先生不愿意和不可能为《铁木前传》作续的心理注脚。

孙犁先生还说过："过去强调运动，既然是运动，就难免有主观，有夸张，有虚假。作者如果没有客观冷静的头脑，不做实际观察的努力，是很难写得真实，因此也就更谈不上什么艺术。"这段话可作为创作思想的注脚。

铁木只有前传，便是再自然不过的事情了。因为，《铁木前传》发表之后，反右等斗争接踵而至，对于孙犁先生，便只有一再感喟《铁木前传》是让自己"几乎丧生"的"不祥之物"的份儿了。

《铁木前传》中，还有一个特别现象，便是在这部第三人称

《铁木前传》，天津人民出版社1957年1月出版

的小说中，只有前两章中出现了第二人称的插语。然后，便是最后第二十章第二人称的匆匆结语。那么，这个已经在前两章中连续出现的第二人称，为什么会在中间十七个漫长的章节中消失？是无意的消失，还是有意的延宕，为了以后的灵光再现？这个现象，或许有助于解读《铁木前传》为什么只有前传之谜。

第一章，出现在孩子们看铁匠打铁之后："如果不是父母亲来叫，孩子们会一直在这里观赏的，他们不知道，到底要看出什么道理来？是看到把一只门吊儿打好吗？是看到把一个套环接上吗？童年啊，在默默注视里，你们想念的，究竟是一种什么境界？"

第二章，出现在六儿和九儿玩失一只田鼠，躲在碾房里，六儿睡着后："童年的种种回忆，将长久占据人们的心，就当你一旦居住在摩天大楼里，在这碾房里一个下午的景象，还是会时常涌现你沉思的眼前吧？"

这两段，都是以童年为视角的回忆。谈到《铁木前传》这部小说,孙犁先生首先强调自己"童年的回忆"的作用。"童年的回忆"便至关重要,它不仅使得这部小说在当时时代主题以个人叙事的修辞策略变体来进行,而且,童年回忆将作用于当时现实的生活,个人情感的变化与失落,与童年时光的流逝,使得小说有了因流动的时间感而带来沉浮的命运感,而不仅仅是合作化的时代感。

那么,问题是谁在回忆?回忆的意义是什么?显然,不是铁木二匠的回忆,因为回忆中有对铁木二匠诉说的影子。也不是作者的回忆,虽然前面出现了一次"我"突兀的介入。最有资格和能力回忆的,是九儿。因为最美好的童年,是她哀伤的失去。如果这样的推断可以成立,那么小说后面的主角应该是九儿。但是,主角的位置无可奈何地偏移到了满儿的身上,回忆的视角便中断了。而如何处理满儿在跟随六儿赶着大车外出后的跌宕命运,又如何处理九儿和父亲和四儿一起入社后的新生活,显然,孙犁先生显得有些犹豫,甚至莫衷一是。特别是前者,如果处理成和《创业史》里郭世富、郭振山一样发财致富,而对入社彷徨,甚至抵触的话,便流俗而图解,鲜活的满儿这个人物走向,更难以为继。

因此,第二人称在后面十七章的中断,便不是偶然的,同样可以看出孙犁先生在《铁木前传》越往后的写作中,越显得困难和困惑。最后一章，勉强拾起第二人称，并不是为了和前两章的呼应，而显得勉为其难，话说得有些大。前传到此戛然而止，便也是命中注定。这是孙犁先生的宿命，也是中国当代文学史中的宿命。

记得孙犁先生逝世时，我曾经说对先生最好的纪念方式，莫过于老老实实认真读他的书。谨以此文，纪念孙犁先生逝世十周年。

2012年7月3日写于新泽西

孙犁先生百年祭
——重读《曲终集》

孙犁先生诞辰一百周年的日子里，重读孙犁先生最后一部著作《曲终集》。"曲不终，而人已不见；或曲已终，而仍见人。此非人事所能，乃天命也。"在这本书的后记中，先生如是说。和四年前写文集续编序时说"晚年文字，已如远山之爱"，颇不一样。

这本书中，所录为1990年至1995年的文字，是孙犁先生七十七岁至八十二岁假笔转心的神清思澈之作。限于篇幅，我只谈书中关于传统意义的散文部分。这部分，只占全书的八分之一左右，但我以为更容易看出先生前后思想和情感以及文体的前后衔接与变化。

这样的文章，包括记人与叙事两种。记人，如《记陈肇》

《悼康濯》《记秀容》《寄光耀》等文坛故旧,基本延续了以往的风格,依然属弥漫着旧交唯有青山在的浓郁情感。《新春怀旧》中的《东宁姨母》,《暑期杂记》中的《胡家后代》,几篇记述乡亲的,意味却有所不同。

新中国成立前,姨母随丈夫闯关东后,积攒一些钱寄回家乡,孙家帮助代买了几亩地,并代为耕种。新中国成立后,姨母的孩子看到了孙犁先生的小说,告知姨母,全家都很高兴。"文革"后,恢复工资,老伴去世,孤独苦闷,思念远亲,孙犁先生给姨母的孩子寄去三十元钱,"想换回些同情和安慰"。谁料到,烧香引出鬼,这位叫作志田的表哥"来了封信,问起他家那几亩地,有些和我算账的意思"。从此,孙犁先生再也没有给这位表哥写过信。

新中国成立前,孙犁先生和母亲曾经在安国县干娘胡家借住过,认得胡家长子志贤和他的女儿俊乔。新中国成立初期,志贤到天津找过孙犁先生,并告之俊乔正在天津护士学校读书。但是,俊乔一直没有找过孙犁先生。1952年冬,孙犁先生到安国下乡,买了点心去看望胡家,还给土改后生活已经很困难的胡家留下一点钱。四十年后,"有人敲门,是一位老年妇女。进屋坐下之后,自报姓名胡俊乔,我惊喜地站起来,上前紧紧拉住她的手"。叙旧之后,方知她是来托孙犁先生办事的。但是,这样的事,让"和任何有权的人都没有来往"的孙犁先生很为难,也为无法帮助乡亲而感到很是遗憾。

这两篇写乡里的文章很短,却都横跨了新中国成立前和新中国成立初,以及现在这样三个时空,融进了时代的变迁、世事的沧桑和人生的况味。胡家小妹和志田表哥,和孙犁先生以往写作中那些战争年代里荷花淀里的乡亲,完全不一样了。那种在艰苦中战争中依然清纯的形象,恍若隔世。无论胡家小妹为生活所迫找上门来,还是志田表哥在金钱时代只认钱了,都和孙犁先生前期笔下的荷花淀人物,乃至后期怀念那些逝去的文坛故旧,形象都大不一样,颇有些鲁迅故乡人物的影子。其写作的心境也大不一样,甚至让孙犁先生心情沉重。这种人物的变化,必然导致文章内容的更易,其写作的方式也就随之变化,再没有了荷花淀的清新,多了山岳相隔的世事沧桑,文章自然也就如老树疏枝,清癯而瘦削。

在这本书的另一篇文章中,孙犁先生写过这样的一段话:"我不愿意重会多年不见的朋友,还有一个原因,就是相互之间的隔膜和不了解。人家以为我参加工作早,老干部,生活条件一定如何好,办法一定如何多。其实完全不是那么回子事,一见面会使老朋友失望,甚至伤心。"我以为,这是晚年孙犁先生的重要心境,是他倾情读书观画读帖习字的重要心理背景,也是他对于人生和世事新认知与解读的时代背景。

同时,我们也就愈发明白,为什么孙犁先生晚年一再感喟故园的消失。在《曲终集》中,有关叙事的文字,重要的一篇便是《故园的消失》。写老家的三间老屋的命运,几十年风雨飘摇,万幸的是依然健在,成为家乡的一个念想,一个象征。这时候,村支书带着几个人来到孙犁先生家,期待的是捐资建个小学校。老屋一下子被推到了主角的位置上。孙犁先生开门见山对来者说:"村里传说我有多少钱,那都是猜想。"然后,随手拿出一本新出版的散文集,说这本书写了一年,才得稿费八百元。最后,他提出两种方案:或出两千元,或把老屋拆了卖了,自己再出一千元。来者很失望,勉强同意后者。报纸宣传孙犁先生捐资兴学的消息一出,乡长带着人又来了,一要以孙犁先生的名字命名这座新建的小学校,一请孙犁先生为小学校题写校名,都被孙犁先生婉辞。

至此,孙犁先生有一段内心独白:"老家已是空白,不再留一草一木,一砖一瓦。这标志着,父母一辈人的生活经历、生活方式、生活志趣、生活意向的结束。也是一个从无到有,又从有到无的自然过程。"可以说,这和上面提到的两篇文章互为镜像。前者写的是人,后者写的是物,两者合为故园,交相的消失,才是真正的消失,才会使得心情怅然而忧郁。

《曲终集》中,还有一篇重要的叙事散文《残瓷人》。这是一篇杂糅回忆和感喟、历史与现在、偶然与莫测,以个体出发深入人性与时代的佳构,以具象到抽象,而使得瓷人成为一种隐喻和象征。

一个在1951年花了十六卢布在国外买回来的小瓷人,经历了"文革"抄家、地震震荡,都没有丝毫损坏,却因一场雨,房顶漏雨掉下一块天花板而将小瓷人的双手砸断。短小的篇幅里,写得风生水起,淋漓尽致。最后,他引老子的话:"美好者不祥之器。"沉郁而戛然收尾,深深显示出孙犁先生晚年忧郁难舒的性格与情怀。这种情怀,延续了他从戎马生涯青年时代的忧国忧民的情怀,对时代和现实的关注和介入,并没有因为年老而变化,这和热衷于热闹闹文坛准官场、一味歌功颂德的时令作家,拉开了明显的距离;这种性格,则是晚年的一则明显的变化,这种变化,使得他晚年生活越发孤独和郁闷难解,却也在某种程度上帮助了他晚年文体风格形成深刻的变化。

说到孙犁晚年文体的风格特征,我以为可以用简约派来比拟。过去讲唐诗时说"郊寒岛瘦"。这个"寒"和"瘦"字,可以概括为这种简约的特征。"寒"指的是冷峻;"瘦"指的是清癯。冷峻,更多的是指内容所具有的内敛的思想力度和批判锋芒;清癯,更多的是指文字删繁就简的浑然天成,和意境平易却深远的水天一色。这应该是孙犁先生晚年一种自觉的追求,这种追求,既是思想的追求,也是美学追求。他崇尚古人说的:"叙事之功者,以简要为主。"他说过:"人越到晚年,他的文字越趋简朴,这不只与文学修养有关,也与把握现实、洞察世情有关。"同时,他特别喜爱"大味必淡"和"大道低回"两个词语,曾多次抄录,乃至置于自己的书房。

这在《曲终集》里,得到充分的体现。以《残瓷人》做说明。瓷人从樟木箱到稻草筐到书案,再到稻草筐,件件细节相互衔接映衬,将看不见的心情写得那样真切,干净得没有多余的枝权,一枝风霜之后的老梅一般瘦骨嶙峋而暗香浮动。可以想见,如此简约,来自谋篇布局时的精心构制,方才榫卯丝丝入扣,用的绝不是叮当直响的钉子活儿。

同样,在《胡家后代》里,仅仅一句话:"当时土改后,他家的生活已经很困难。"土改后,什么样的人生活很困难呢?无限的时代与人生,以及胡家小妹的万般无奈来托孙犁办事,和孙犁先生自己的深深遗憾,都在这简约词语背后的留白里面了。庾信文章老更成,这就是简约的力量和魅力。

2013年7月

秋千、袜子和红棉袄

——孙犁先生逝世十三周年纪念

　　孙犁的《红棉袄》,写一个十六岁的农村姑娘。抗战期间,患有打摆子重病的八路军战士,突然来到她家。这时候,家里只有她一个人,她一个女孩子,该怎么样面对这突然到来的一切,去照顾瑟瑟发抖、不住呻吟、身子缩拢得越来越小的男战士?

　　她是热爱八路军的,面对这样的八路军战士,她一定要表达热爱之情的。该怎么表达呢? 表达得贴切而感人? 这是衡量作者对于文学写作的能力,更衡量对于生活感受的能力,孙犁没有写别的,只是着重地写了她脱下自己的新棉袄,是在这一天早晨才穿上的崭新的红棉袄,给战士盖上。她用这件看得见的新红棉袄,表达出了看不见的心情和感情。

可以设想,如果没有这件红棉袄,光是说她怎么样烧炕取暖,怎么样烧水做饭,怎么样体贴入微说着关心的话语,有这件红棉袄更能突出小姑娘的形象吗?

这件新的红棉袄,并没有再做铺排渲染,而是点到为止,戛然而止,如万绿丛中一点红,留白,不做层林尽染全画幅的描画。以小搏大,便有了四两拨千斤的足够力量。状物写心,便有了心真切生动的体现。

孙犁先生的《秋千》,运用的也是这样的写法。

写的还是一个姑娘,十五岁,比《红棉袄》里的姑娘还要小一岁。日本鬼子烧毁了她家的房子,爹娘早死,从小吃苦,但是,她有个爷爷,曾经开过一家小店铺,有几十亩的地,农村定成分的时候,有人提起她爷爷的陈年旧事,要定她成分为富农地主。她一下子委顿了,和她一起的女伴们也跟着她一起失去了往日的快活,纷纷替她鸣不平。最后,她爷爷是她爷爷,属于上一辈的事,她被定为普通农民。立刻,她和女伴恢复了往日的快活。那么,这快活劲儿怎么写?因为这关系着她和她的这一群女伴的形象。仅仅说她们都很快活,快活得蹦了起来,叫了起来,然后激动得流下眼泪,行吗?这是我们常常爱表达的方式。如果说不行,有什么的方法可以让这快活形象生动起来呢?

如同《红棉袄》里的红棉袄，孙犁先生用了"秋千"这一形象化的象征物，作为她们心情和形象的载体，一下子，便好写，也容易写得生动了。只不过，比起红棉袄的点到为止，这一段的秋千多了描写，有人有景，有心情有场面，有主客观两方面的镜头，便一扫以往的阴霾，那样的明亮起来：

　　她们在村西头搭了一个很高的秋千架。每天黄昏，她们放下纺车就跑到这里来，争先跳上去，弓着腰往上一蹴，几下就能和大横梁取个平齐。在天空的红云彩下，两条红裤子翻上飞下，秋千吱呀作响，她们嬉笑着送走晚饭前这一段时光。

　　秋千在大道旁边，来往的车辆很多，拉白菜的，送公粮的。戴着毡帽穿着大羊皮袄的把式们，怀里抱着大鞭，一出街口，眼睛就盯着秋千上面。其中有一辆，在拐角的地方，碰在碌碡上翻了，白菜滚到沟里去，引得女孩子们大笑起来。

试想，如果没有这样的秋千出场，女孩子的心情和形象还会这样鲜明生动吗？有了秋千，不用多说了，女孩子的心情和形象，都在秋千上面闪现，要不也不会有那么多的车把式观看,更不会有人翻车了。在孙犁先生早期作品中,爱用这样红棉袄和秋千的小物件,找到了它们,他写起来便顺畅,我们读起来就生动。可以说,这是探寻孙犁先生早期作品写作轨迹的一条路径,我们不仅可以学到写作的方法,更可以触摸到孙犁先生的情思与心路。

《山地回忆》比起前两则写作时间晚些,是1949年12月新中国成立之初写的一段战时的回忆,写的还是一个小姑娘,比《红棉袄》里的小姑娘大一岁。在这篇散文中,主要写这个小姑娘的性格,以性格展现美好善良的心地,以及对抗日战士的感情和对战争胜利的渴望。

性格不是抽象的,不能只用天真可爱、倔强或巧手能干这样词的形容,完成对性格的刻画。性格,要在具体事情的进展中展现,在人物的接触乃至矛盾冲突中展现。这样来写,性格便不会是抽象概括出来的词,而变成了一种行动。在我的理解里,性格不是名词,也不是形容词,而是一个动词。也就是说,要想把人物写生动,得让人物动起来。

仔细分析一下,孙犁先生的这篇《山地回忆》,是如何以行动写人物的。这条行动线,是非常清晰,也是非常生动有趣的:

1.冬天的早晨,"我"到河边凿破河面的冰,正要洗脸,听见下游有人冲"我"喊:"你看不见我在洗菜吗？洗脸到下边洗去!"喊话的人,就是这个小姑娘。未见其人,先闻其声,是和《红楼梦》里快人快语的王熙凤出场一样的写法,小姑娘也是个泼辣的人。

2."我"和小姑娘的争吵。小姑娘出言不逊,骂了"我"。

3."我"生气地转过身走,看见小姑娘穿得单薄,手冻肿了像红萝卜,抱着一篮子的杨树叶在洗,知道这是她家的早饭。这一笔描写很重要,是"我"和小姑娘矛盾转化的关键。艰苦战争中军民连心的心情,是通过这样的细节表现的。

4."我"一下子心平气和了,让她到"我"这里洗菜。她却故意斗气地说:你在那里刚洗了脸,又让我去洗菜!"我"已经理解了小姑娘,听她的话没有生气,相反笑着说:我在这里洗脸,你说我弄脏了你洗的菜;我要你到这里来,你还说不行,要我怎么办?

5.小姑娘往上面走,去洗菜,冻得双手插进衣襟里取暖,回过头来冲我笑。看,写的全是动作。即使不说话,可爱的小姑娘的形象,已经生动地浮现在我们的面前。

6.两人依然斗气,小姑娘讽刺"我"是假卫生时,看见"我"赤着脚,没有穿袜子,接着讽刺说,光着脚,也是卫生吗?

7.小姑娘对"我"说,要给"我"做一双布袜子。

这段河边邂逅,在这里达到高潮,便也在这里恰到好处地戛然结束。这是一段类似民间戏曲里《打樱桃》的写法,风趣的冲突中,透露出小姑娘泼辣风趣的性格,从洗脸洗菜的矛盾到矛盾的和解,到不依不饶的斗嘴,一步步地推进到做袜子的高潮。小姑娘的性格,是这样一步步展现出来的,自然妥帖,生动可爱。

在这里,袜子的出现,很重要,是高潮的结晶,也可以说是让高潮不仅有声有色,而且有了看得见摸得着的具体体现。所谓山地回忆,回忆的重心,便是袜子。袜子没有出现,这段描写,便失去了焦点,就像戏曲里的《打樱桃》,如果没有了樱桃,那个小姑娘的戏也就没法唱了一样。这双袜子,是小姑娘性格和心地的象征物,最后在她的性格突出之处打上一圈聚光灯明亮的光晕。

在物资匮乏的战争艰苦环境中,做袜子并不是一件简单的事情。做好袜子的时候,小姑娘对"我"说:保你穿三年,能打败日本不? 风趣的性格,依然是借助袜子表现出来的。

1945年,抗战胜利,"我"在黄河中洗澡,奔腾的河水冲走了"我"所有的衣服,包括这双袜子,孙犁先生涌出这样的感喟:"黄河的波浪激荡着我关于战后几年生活的回忆,激荡着我对于那个女孩子的纪念。"这是一种抒情,但并不是空泛的抒情,因为有这双袜子,抒情便也有了坚固的基石。这座基石,便是小姑娘的形象;这双袜子,便是小姑娘形象的象征载体。也就是说,想起这双袜子,就想起了小姑娘;想起小姑娘,就想起了这双袜子。

袜子,和秋千,和红棉袄,都是孙犁先生写作筋骨和情感脉络的载体。读到它们,我们便也就想起了孙犁先生。

谨以此读后感纪念孙犁先生逝世十三周年。

2015年7月草稿

2021年11月改毕

重读《荷花淀》

——孙犁先生逝世十四周年纪念

《荷花淀》是孙犁先生的名篇。每一次重读这篇小说,都有不同的收获。对战争的文学书写中,孙犁先生以此为代表,抒发了战争文学中鲜有的阴柔之美。《荷花淀》中那位没有名字只被称作水生嫂的女人,不是以往赵一曼或刘胡兰式的英雄,却一样的让我们感动而难忘。她所承载的战争残酷压力之下所散发出来的坚韧、勇敢与温柔,其鲜明的性格与形象,长久地走进我们的心里,走进文学史的长廊之中。

在以往的解读中,更多的是从水生嫂这样的性格、形象,和水生参军时、她与姐妹们寻找各自的丈夫时的言行,以及与之相连的白洋淀的环境,来分析认知这篇小说。这当然是没错的。这一次重读,燃起我新的兴趣,并格外受到触动的,则是小说所出现的苇眉子、菱角这样微不足道只是点到为止的东西。这些东西,都和荷花淀的生活乃至生存密切相关,是那里最为司空见惯的事物。它们既是小说书写的细节,也是小说构成的情境;既是人物的性情所至,也是小说氛围的弥漫。

或许,以苇眉子、菱角,作为重新解读这篇小说的路径,会让我们有一种新的感受。

小说一开始就让苇眉子先于人物出场:"月亮升起来,院子里凉爽得很,干净得很,白天破好的苇眉子潮润润的,正好编席。"苇眉子潮润润的,是因为在水乡的缘故,也是由于心情不错的缘故。尽管人物还没有出场,但是,人物的心情先在苇眉子上闪现,就像戏台上人物还没有出场,锣鼓音先响了起来一样。心情的不错,才让这个晚上有明亮的月亮,还凉爽得很,干净得很。

接着,孙犁先生还是写苇眉子:"女人坐在小院当中,手指上缠绞着柔滑修长的苇眉子。苇眉子又薄又细,在她怀里跳跃着。"还是在以苇眉子来书写心情。心情确实不错,否则,苇眉子怎么会"柔滑修长","又薄又细"?而且,活了一样,在她的怀里跳跃?

试想一下,如果写的苇眉子不是在怀里跳跃,而是在手上,或在膝上跳跃,还有这样的韵味和意境吗?必须是在怀里跳跃,苇眉子和水生嫂才有了这样肌肤相亲的亲密样子,这既是心情的表现,也是形象的勾勒。同时,也是人物与乡土之间关系的密切而天然的流露,小说中对待侵犯自己家乡的敌人的仇恨和抗争,才有了坚实的依托。只是,这一切,孙犁先生写得含而不露。

对苇眉子的书写,并没有到这里为止。孙犁先生进一步书写苇眉子,充分运用苇眉子,让苇眉子作为下面女人等待丈夫的出场前的音乐背景。这既是女人的心情展示,也是丈夫回家时带来要参军的消息的铺垫。他让苇眉子作为心情不错、意境美好的代言者,有意和丈夫参军打仗的消息,做一个对比。这是以弱对强、以美好对残酷的对比。同样,这样其实蕴含着生离死别的强烈对比,让孙犁先生也写得含而不露。

看孙犁先生是这样写的:"这女人编着席。不久在她身子下面,就编成了一大片。她像坐在一片洁白的雪地,也像坐在一片洁白的云彩上。她有时望望淀里,淀里也是一片银色世界。水面笼起一层薄薄透明的雾,风吹过来,带来新鲜的荷叶荷花香。"在这时,苇眉子已经变成了编好的席,而且,是一大片的席,她像坐在洁白的雪地和云彩上。这是小院里的一幅画。另一幅画,则由苇眉子扩展到了白洋淀上,不仅是雪地和云彩,而是一片更为宽阔的银色世界。在这里,还捎带脚带出了荷叶和荷花悄悄在远处隐现。苇眉子,便如同一个特写镜头,然后拉出一个长镜头,将我们从小院带到白洋淀。

这时候,水生出场了。这是一个多么恰当的出场背景呀。苇眉子,如同一枚灵巧的绣花针,为我们绣出了一幅水乡温馨的画面。这样的画面,是为了水生出场,也是为了和后面在荷花淀里与敌人残酷而血腥的战争,做出的场景的对比和情绪的烘托。

丈夫突然要去参军打仗,毕竟是残酷的战争,面临的是生死离别,丈夫托付给女人的是一家老小,甚至还有面对被敌人活捉时的同归于尽。做妻子的再坚强,也难免心里会震动一下。但是孙犁先生没有写女人心里的震动,他只是让她的手指震动了一下,依然运用的是苇眉子这个在前面已经出现的几乎是形影不离的道具:"女人的手指震动了一下,想是叫苇眉子划破了手,她把一个手指放在嘴里吮了一下。"用得多么巧妙,又那么地恰如其分,苇眉子,已经和女人融为一体。

孙犁先生从来都是不愿意直接书写人物的心情,他总能随手在身边,或在小说的行进中,找到书写心情的替代物,看似信手拈来,却是像女人编席一样细致而缜密。他将看不见的心情,让我们清晰看得见,并能够触摸到一个即将和丈夫分别且是战争中生死未卜的分别时的细微感情,让我们读时心怦然一动。

小说的后半部分,写水生嫂和几个姐妹到白洋淀找自己的丈夫,即那句有名的过渡句:"女人们到底有些藕断丝连。"藕,自然也是白洋淀的特产,便也成为心情自然而然的借喻。在这一部分,孙犁先生写到了荷叶和荷花,不像苇眉子一样是为了人物的心情和小说的氛围,而是有自己明确的指向:"那一望无际的密密层层的大荷叶,迎着阳光舒展开,就像铜墙铁壁一样。粉色荷花箭高高地挺出来,是监视白洋淀的哨兵吧!"或许,这样明确的象征,是可以料想得到的,并不新鲜。但是在这段叙事中,有这样一小节对菱角的书写,可能会被我们忽略,却也可能会让我们读出别一番滋味。

女人划着小船在白洋淀寻找各自的丈夫却没有找到的时候,孙犁先生横插一笔写道:"她们轻轻划着船,船两边的水哗,哗,哗。顺手从水里捞上一棵菱角来,菱角还很嫩很小,乳白色。顺手又丢掉水里去。那棵菱角就又安安稳稳地浮在水面生长去了。"两次"随手",看似信手拈来的闲笔,却那样手到擒来。菱角同苇眉子一样,都是水乡常见物,一样为人物的心情服务,拿是拿得起,放又放不下,才下心头,又上眉头,将几个没能找到各自丈夫的女人落寞的心情,让捞上来又丢下去的菱角委婉而别致地道出,在这样菱角被捞出又丢下的起落之间,为我们画出一道漂亮而动人的心理弧线。

如果没有苇眉子和菱角,这篇小说该如何完成?还会是孙犁先生的小说吗?好的小说家,不是把小说做大,而是总能在小说的"小"中做文章,达到曲径通幽的境界。荷花淀里最为常见的苇眉子和菱角,方才被孙犁先生点石成金。

在小说的结尾,孙犁先生写了这样一笔:"敌人围剿那百顷大苇塘的时候,她们配合子弟兵作战,出入那芦苇的海里。"小说又回到了起始点,又回到了苇眉子。只是在这时候,"柔滑修长""又薄又细"的苇眉子,已经变成了一片芦苇的海。这不是为了小说的首尾呼应和对比,而是让小说如水一样回环,气韵相通,浑然一体。

我说过,对孙犁先生最后的怀念方式,莫过于认真读他的文章。谨以此文纪念孙犁先生逝世十四周年。

2016年7月26日写于北京

孙犁和石涛

读画和读帖，是孙犁先生晚年的重要生活内容之一。当然，这个爱好并不是自晚年始，早在20世纪的60年代，孙犁先生就曾经买过不少的画册和画论方面的书。只不过晚年的孙犁更有了时间和静心，面对画册与碑帖，可以相看不厌，打通心梦两界，勾连画与生活的血脉关系。因此，读画而感的写作，便也成为孙犁先生晚年的重要文字。《读画论记》等，是关注或研究晚年孙犁生活与创作、情感与思想绕不过去的篇章。

通常说，文艺不分家。尽管美术和文学，一靠笔墨，一靠文字，相距很远。但是自古有诗书画为一体的传统，很多作家都是喜爱美术的。不过，如孙犁先生晚年如此偏爱中国古画并深有见地的作家并不多。看他在《甲戌理书记》中有一节读《张大千生平和艺术》后写道："余作《读画论记》,内涉及中国绘画发展史,恐有失误。今读此书,余所作时代划分,尚与大师主张相吻合,乃一块石头落地。"其认真和喜悦之情,溢于纸上。

清初画家石涛,是一位在中国绘画史上绕不过去的巨擘。自然,石涛便不会跳出孙犁先生的法眼。孙犁先生在几处论及石涛。今天,重读孙犁先生论及石涛的文字,颇有意思。有意思,不是就画说画,或就人说人,而在于由画到人,再由人到画,互为表里,彼此镜像,犹如醒墨,从而洇染,旨在澄心。因此,重读孙犁先生二十多年前的文字,并未有时过境迁之感,相反,依然具有对现实的警醒之意。

说起石涛,即使没有看过他的真迹,很多人都知道他的名言,诸如"搜尽奇峰打草稿""笔墨当随时代""法自我立"等。他的巨幅山水,他的册页小品,均成为罕世珍品,几乎是所有画中国画的画家必须学习的范本。孙犁先生在《石涛山水册页》一文中,高度评价石涛:"其画法,简洁而淡远,笔墨纯熟为天成。开卷其作风自现,无第二人可比。"在孙犁先生所评论过的画家之中,石涛真的是无第二人可比。

《读画论记》最后一节《石涛画语录》中,孙犁先生从石涛的一首题画诗入笔,以中国画的传统六法为理论,详尽分析了石涛的画如此出类拔萃,为什么能够做到、又是怎么样做到的。他这样说:"面对眼前的景物,他的创作欲望,非常强烈。他进入自然景物之中,并有推动和支配这些景物的愿望。他终于与自然景物结为一体,成为大自然的一个组成部分。人景合一,天人合一。他创作的画,活了起来,也成为自然的一部分,并影响着自然,赋予眼前景物新的光彩,增加了大自然的美的内涵,美的力量。这样,石涛的画,就有了气韵,就完成了六法,也表现了个性。"气韵,是六法中的第一法。

作为画家,无疑石涛是出类拔萃的。但是,作为一个人,他却有着让人一眼望穿的毛病和弊端。他是一个性格复杂的人,一辈子渴望得志却并不得志的人,他自称"苦瓜和尚",确实一生都是苦瓜一个。

石涛出身显赫,为明靖江王十世孙。却生不逢时,处于改朝换代的乱世,父亲被清朝杀死时,他才三岁多。如果不是被一个太监抱到寺庙之中,早就和父亲一样死于非命,断不会以后流落为僧,精于绘事。为世人所诟病的是,清康熙大帝两次南巡,他两次都叩头迎驾,渴望得到皇帝的宠幸,即使做不成官,起码也可以做一名御用的宫廷画家。一次,是在南京长干寺;一次,是在扬州平山堂。第一次,他四十四岁;第二次,他四十九岁。正值壮年,但有希望,尚可回黄转绿,落照辉煌。他渴望能够从和尚到弄臣的一步跨越。第二次,让他更是充满希望,因为第二次,他迎驾皇帝时,康熙居然在人群中一眼认出了他,并叫出了他的名字。这让他分外地感激涕零。事后,激动之余,他写了两首七律,画了一幅画。诗中他说:"圣聪忽赌呼名字,草野重瞻万岁前";"去此罕逢仁圣主,近前一步是天颜"。他的画的名字是《海晏河清图》,上有题诗:"东巡万国动欢声,歌舞齐将玉辇迎。"都极尽逢迎之态,道不尽的笔歌墨舞,心飞意动之情。

孙犁先生在《甲戌理书记》中,也曾经论述过石涛这样的一段经历。在此两次迎驾康熙大帝之后,孙犁先生说:

"此僧北游京师,交结权贵,为彼等服务,得其誉扬资助,虽僧亦俗也。乃知事在抗争之时,泾渭分明,大谈名节。迨局面已成,恩仇两忘,随遇而安,亦人生不得已也。古今如是,文人徒作多情而已。"

在这里,孙犁先生对石涛的批评极有分寸。他只说他"虽僧亦俗也",六根并未剪净。其实,这话却是绵里藏针,针藏在这句话的前面和后面,权贵和名节,是坠石涛入这俗之烂泥塘的两块充满诱惑并拼命追求的巨石。

如果我们重读孙犁先生的另一则文章《读〈史记〉记》,或许会明白,这样的两块巨石,虽然巨大得充满诱惑,却是孙犁先生厌恶痛恨的。在这则文章中,他引班固论《史记》关于"文直、事核、不虚美、不隐恶"的文字后说：这"就更非一般文人所能做到。因为这常常涉及许多现实问题：作家的荣辱、贫富、显晦，甚至生死大事"。"不直，可立致青紫；不实，可为名人；虚美，可得好处；隐恶，可保平安。"

以此观石涛，便可以明白了孙犁先生对石涛批评的真正意义所在。涉及许多现实的问题，石涛所做的一切，便可以理解，这是孙犁先生的宽容态度；不能迁就甚至饶恕，这是孙犁先生晚年历经世态炎凉与人生况味，特别是文坛的各色人等与春秋演绎之后所醒悟并恪守的为文为人之道。可悲的是，石涛还不如我们现实中的有些人，在巴结了权贵甚至阿谀了皇上之后的石涛，名人的头衔和青紫的声望，是达到了。但真正地进入宫廷得到天颜的宠幸的梦想却是破碎的。

值得注意的是，在这则《甲戌理书记》论述石涛的文字中，孙犁先生特别强调了这样四个字："古今如是。"这便是孙犁先生论述石涛至今依然具有的鲜活的现实意义，也是孙犁先生文笔的老辣。

谨以此小文纪念孙犁先生逝世十五周年。

2017年7月16日于北京

一啸猿啼破梦中

　　最初我对于石涛的认知，源自孙犁先生的文字。对于石涛的画作，孙犁先生在《石涛山水册页》一文中给予高度评价："其画法，简洁而淡远，笔墨纯熟为天成。开卷其作风自现，无第二人可比。"对于这位清初画坛巨擘石涛，孙犁先生在《甲戌理书记》一文中则曾经给予一阵见血的批评："此僧北游京师，交结权贵，为彼等服务，得其誉扬资助，虽僧亦俗也。乃知事在抗争之时，泾渭分明，大谈名节。迨局面已成，恩仇两忘，随遇而安，亦人生不得已也。古今如是，文人徒作多情而已。"

　　孙犁先生这里所提及的石涛"北游京师"，虽然仅仅两年半的时间，却是石涛一生中重要的一段经历，最能见得他的性格和心地。对于这一经历，孙犁先生未及细说，以后在其他书籍中,我也未能见到更为深入的言说和描摹。这一次来美国,有工夫读美国学者乔迅所著的《石涛——清初中国的绘画与现代性》,特别留心石涛这一段经历,看他如何为读者陈述和解读。

我特别注意到,乔迅在钩沉这一段历史的时候,写到这样几个细节。

一个是他此次"北游京师",到底都结交了哪些权贵。我早已知道,石涛之所以选择1690年初这一节点"北游京师",是有原因的。因为前一年,即1689年,康熙大帝第二次南巡,他在扬州迎驾皇帝时,康熙居然在人群中一眼认出了他,并叫出了他的名字,这让他分外感激涕零,也让他从和尚到弄臣的一步跨越的内心欲望蓬勃燃起。而且,这一年,他已经四十九岁,正处于中年向老年迈进的节点,时不待我,过了这村就没这店,此次"北游京师",是他夏天里的最后一朵玫瑰。

乔迅告诉我,此次"北游京师",石涛主要结交的汉族官员,有吏部右侍郎王封溁,礼部侍郎王泽泓,吏部尚书王骘;满族贵胄清太祖曾孙博尔都,平定三藩之乱功臣岳乐之子岳端。石涛希望由这些人能够通天觐见到康熙大帝。他回报给这些人的是他的画作,这些人为他提供衣食住行的赞助,并为他仙人指路,其中博尔都指点他投康熙之喜好,画好两幅墨竹,再由皇室高阶画家王原祁和王翚分别补石和兰,二手联弹,以此进献康熙,希望皇上痒痒的时候,恰逢其时地递上一个痒痒挠。

二是失败(石涛点儿背,因此时正值康熙对朝中汉人知识分子掌控最为严密时刻)之后,石涛心灰意冷正欲离开北京时候,恰逢康熙召见和石涛一样有名的曹洞宗禅僧雪庄(以画黄山而出名)进京。但雪庄进京后,并未出现在御前,而只是派了另一僧人替代他出席。

三是石涛离开北京到天津大悲院的途中,巧遇从大悲院出来的僧人具辉,正要进京见皇帝。石涛立刻打开行囊,将自己的诗卷取出,上有十首诗,其中有准备献给康熙而未果的诗,又当场挥笔抄录了当年恭迎康熙时写下的诗行,其中有:"圣聪忽赌呼名字,草野重瞻万岁前","去此罕逢仁圣主,近前一步是天颜",都极尽逢迎之态。

四是1692年,石涛终于彻底失望而离京,乘船沿大运河回扬州,重九日在山东和江苏交界处,遇强风而翻船。他幸免于难,但所有的行李,包括画卷、诗稿和书籍,荡然无存。

这四处描写,不知以前是否有人已钩沉过,我是从乔迅点点出处都有案可稽的冷静陈述中,如一篇小说或一出多幕剧,层次明晰,起伏跌宕,看出石涛的际遇、性格、心情,和那个强悍的时代对于一个弱小的知识分子的作用。特别是同为画僧的雪庄应召进京这一带有戏剧性情节的出现,石涛有何反应,会不会心里酸酸的,乔迅没有写。放着皇帝接见这样争先恐后旁人艳羡不已的机会,雪庄没有领康熙这个情,石涛又有何反应,会不会心有惭愧,还是心有不甘,乔迅也没有写,留白给我们思考。

再看石涛去天津途中巧遇具辉,知道他要进京见皇帝,立刻翻出诗卷,并当场挥笔补写诗句,毫不觉得肉麻和卑躬屈膝,而是做最后一搏状,看来雪庄给他的刺激,并没有给他什么反思,或者有,水过地皮湿。新的哪怕只是一鞭残阳,他也渴望最后抓住,做绝处逢生的挣扎。

或许,这才是石涛最为可悲之处,正是孙犁先生说石涛"虽僧亦俗"。知识分子一心想凭借官方尤其是最高领导人的赏赐进而得到全社会的认可和自我的心理期许,并非石涛一人,也并非康熙年代旧事,便是孙犁先生所说的"古今如是"。

对于这一段惨败而归的"北游京师",不知日后石涛做何等感想。大运河翻船幸以逃生的第二年,石涛曾经写给他京城的赞助者皇室贵胄岳端四首诗,回顾那一段日子,写到翻船事时,他写了这样一句——"一啸猿啼破梦中",想那时他的心情该是凄凉的,也是复杂的。

重回扬州之后,石涛又活了十五年。临终那一年,他曾经画过一幅《徐府庵古松树》,画上他的题诗有句:"自有齐天日,何须向六朝,贞心归净土,留待欲风摇。"他借松树写自己,他人已经回归旧土,却并非净土,依然念念不忘当年"北游京师""向六朝"之事,还惦记着因风而能够直摇九霄齐天之时。看来,当年翻船之时"一啸猿啼破梦中"的旧梦,依然未破。有些人,有的梦,还真的是至死难破。

《石涛——清初中国的绘画与现代性》这本书里,附录很多幅石涛画作,印制的效果很好。边读此书,边随手学画几幅。很多人都模仿过石涛,模仿最佳者,当属张大千。我的模仿,纯属玩票,虽仅得皮毛,却自得其乐。但是在涂鸦模仿石涛的时候,常会忍不住想起孙犁先生对石涛评论的那些话。对于古代画家,他对石涛说的话,是最多的。

2018年5月记于布鲁明顿

孙犁的芦苇

四十年前，刚刚粉碎"四人帮"后的 1978 年，中国青年出版社重新出版了 1958 年版的《白洋淀纪事》。其封面是我见过的孙犁先生出版过的书中最朴素却也别致的一帧。水墨画写实手工制作，有浓郁的年代感，与现在流行的电脑制作不可同日而语。在封面和扉页上，设计者林锴都用淡墨扫了几笔在风中摇曳的芦苇，逸笔草草，与孙犁先生这本主要收集战争年代白洋淀生活的作品很吻合。

在孙犁先生的笔下，白洋淀的芦苇是生活的场景，也是艺术的意象。很多篇章中，都少不了芦苇，虽然文笔也只是逸笔草草，却已成为作品中的另一主角。

重读这本四十年前的老书，翻到《芦苇》这一篇。这是孙犁先生1941年的散文。文章不长,写到在日本鬼子的一次轰炸中,孙犁先生跑进芦苇丛中,见到一个三十多岁的妇人和一位十八九岁的年轻姑娘,也在那里躲避。轰炸过后,临分别时,姑娘见孙犁先生穿着西式的白衬衣,为免遭遇敌时的麻烦,甚至危险,她将自己的农村大襟褂子换给了孙犁先生,自己穿上了孙犁的衣裳。只是这样一件小事,写出了军民鱼水关系,更写出了这位姑娘细致善良的心地。

在这篇散文中间,孙犁先生写了这样一小段话,躲避在芦苇丛中的姑娘,面对日本鬼子的轰炸,其实开始很害怕:"姑娘的脸上还是那样惨白,可是很平静,就像我身边的芦草一样,四面八方是枪声,草叶子还是能安定自己。"在这里,芦苇出现了有意的姿态,和文章的题目相呼应,让我们读出了文章题目的主旨指向。这里的芦苇,写的就是这位姑娘。在四围枪声中,芦苇的安定,就是姑娘逐渐由害怕而变得的平静。有了这样芦苇衬托的背景,姑娘在芦苇丛中脱下自己的大襟褂子,才会那样的自然妥帖,那样的美好而感人。炮火过后,飒飒风中摇荡的芦苇丛中这样的分别,才成为一幅动人的画面。

读完这篇散文,我想起孙犁先生的另一篇作品《纪念》。《纪念》写了一位农村的老大娘,为了给战争中口渴难捱的孙犁先生一口水,冒着敌人射出的子弹,跑到院子里,从井里迅速地绞起一罐水,飞快地跑进屋。孙犁先生写道:"这水是多么甜,多么解渴。我怎么能忘记屋子里这么热心的女人和把一切希望都寄托在我们身上的孩子? 我要喝一口水,她们差不多就献出了自己的生命。"

这段话,同样可以作为《芦苇》的画外音。它抒发的是这两篇文章作者共同的情感。一件褂子,一口水,在战争年代弥足珍贵,关乎性命,如今道来非寻常。很显然,《芦苇》比《纪念》写得更含蓄,芦苇的描写,比直接的抒情,更让人感动和感怀。

战争年代,冀中平原,白洋淀普通的芦苇,被孙犁先生迅速捕捉到笔下,反复吟咏,是从生活化到艺术化的一种敏感的情致和写作路径,就像俄罗斯巡回画廊派的画家,将普通常见的白桦林光影交错地呈现画中,成为一种艺术的至境。

孙犁著《白洋淀纪事》

在《采蒲台的苇》中,孙犁先生曾经写过芦苇给予他的第一印象。他说:"是水养活了苇草,人们依靠苇生活。这里到处是苇,人和苇结合得是那么紧。人好像生在苇里的鸟儿,整天不停地在苇里穿来穿去。"

他还写了芦苇的各种用途:可以织席,可以铺房,可以编篓捉鱼,可以当柴烧火……当然,如果仅仅是这样写芦苇,便没有什么新鲜,也便不是孙犁。接着,孙犁说:"关于苇塘,就不是一种风景,它充满火药的气息,和无数英雄的血液的记忆。如果单纯是苇,如果单纯是好看,那就不成为冀中的名胜。"他是把芦苇当成冀中平原的"名胜",其地位不可谓不高。

在这里,孙犁先生明确地给芦苇以新的定义,他笔下的芦苇,有单纯的美好和实用价值,更有战争中英雄与人民构成的双重意义,即英雄的血液与人民的血液共同铸就的坚韧品格。在这篇《采蒲台的苇》中,孙犁先生还说:"敌人的炮火,曾经摧残它们,它们无数次被火烧光,人民的血液保持了它们的清白。"在这里,它们就是芦苇,是孙犁先生的芦苇,是孙犁先生笔下的芦苇,也是孙犁先生自己的芦苇。芦苇和他,合二为一,融为一体。

所以在孙犁先生前期作品的战争篇章中,芦苇会常常出现,有时会是有意为之,有时会是不期而遇,有时又会是信笔所至,甚至是神来之笔。

芦花初放的时候,"鲜嫩的芦花,一片展开的紫色的丝绒。正在迎风飘撒"。(《芦花荡》)

芦花放飞的时候，"每年芦花飘飞苇叶黄的时候，全淀的芦苇收割，垛起垛来，在白洋淀周围的广场上，就成了一条苇子的长城"。(《荷花淀》)

即使是到了严冬的季节里，"河两岸残留的芦苇上的霜花飒飒飘落，人的衣服上立时变成银白色"。(《嘱咐》)

看，不同的季节，芦苇是多么漂亮和美好！

不过，孙犁认为，芦苇最美好的时候，在5月。他说："假如是5月，那会是苇的世界。"(《采蒲台的苇》)"5月底，那芦草已经能遮住孩子们的各色各样的头巾。""这一带的男女青年，一到这个时候，就在炎炎的热天，背上一个草筐，拿上一把镰刀，散在河滩上，在日光草影中，割那长长的芦草，一低一仰，像一群群放牧的牛羊。"(《光荣》)那是战争间歇中对和平生活的一种回忆和向往，被孙犁先生描画得情深意长。

但是，战争来临的时候，芦苇不会如此美丽娴静，完全变幻成另一种姿态和容颜。敌人逼近的时候，"云雾很低，风声很急，淀水清澈得发黑色。芦苇万顷，俯仰吐穗"。(《采蒲台》)芦苇所呈现的是一片苍茫浑厚的景象。面对敌人炮楼咄咄逼人的威胁，"苇子还是那么狠狠地往上钻，目标好像就在天上"。芦苇所呈现的是一片威武不屈的形象。

孙犁先生完全将芦苇人格化，将其本身具有的美丽、清白,柔韧与坚强的不同侧面,多重性格,一一挥洒在笔端纸上。我还从未见过有作家能够将冀中平原常见的芦苇,写得如此仪态万千,风姿绰约。

在孙犁先生的作品中,以细节的生活化和细腻感,构成其艺术风格之一。常常容易被人们忽略掉的、甚至是视而不见、见而无感的小小的芦苇,恰恰被孙犁先生不经意地拾起,却也落花流水,蔚为文章,既能映水浮霞,又可挟云掠风,委婉有致地道出对战争年代生死与共血肉相连的人与事的无限情思。

谨以此文纪念孙犁先生逝世十六周年。

2018年7月5日于北京

朴素的敌人

对于俄罗斯的作家,孙犁先生喜欢普希金和契诃夫,不大喜欢蒲宁。喜欢普希金,是普希金作品的诗性,这与孙犁先生的早期小说很吻合;喜欢契诃夫,是契诃夫风格的朴素,这与孙犁先生的晚年作品尤其散文相合拍。

在我的猜想中,晚年的孙犁先生喜爱契诃夫会更多一些。早在1954年,孙犁曾经写过一篇题为《契诃夫》的文章。在这篇文章中,他说:"契诃夫作品的主要特点,就是朴素和真实。"在朴素和真实这两点,他更侧重于朴素,他说:"朴素,对于我当前的写作,是一个重要的问题。"如何能够做到如契诃夫作品一样的朴素,孙犁先生指出需要面对这样三大敌人:"不三不四的'性格'刻画,铺张浪费的'心理'描写,擦油抹粉的'风景'场面。"

从他严肃指出并称之为这样三大敌人,可以看出他对于当时文学现状及自身文学创作的清醒与警醒。看那时他创作的小说,特别是中篇小说《铁木前传》,便能够清晰地看出朴素风格的彰显与作用,和孙犁先生以《荷花淀》为代表的早期小说,不尽相同。在这时候提出朴素和朴素的敌人,可以明晰孙犁先生创作的心迹与轨迹中对于朴素警醒和追求的自觉。

孙犁先生所提出朴素的三大敌人:性格、心理和风景偏颇谬误的描写,都还只是局限于创作本身,指向写作的具体方面。在经历了社会沧桑变化和人生的况味冷暖,尤其是经历了"文革"的剧烈动荡和新时期伊始的乱花迷眼,孙犁先生对于朴素关乎文学创作的重要性,有了新的认知和思考。在1982年出版的散文集《尺泽集》里,有孙犁先生明确的发言。在这本书中,有写于1981年的《小说杂谈》,这是一组十七则短论组成的文章,是粉碎"四人帮"之后,孙犁先生针对文学创作现实写作的重要文献。在这里,孙犁先生结合阅读与写作的贴身现状,对于朴素的敌人,显然有了同50年代不同的认识和解析。我读后,这样总结如下几方面:

一、闹市:"我们也常常读到这样一种小说,写得像闹市一样,看过以后,混沌一团,什么印象也没有。"(《叫人记得住的

小说》)

二、轻浮:"五四以来,也有人单纯追求外国时髦的形式,在国内作一些尝试,但因为与中国现实民族习惯、群众感情格格不入,他们多少浅尝辄止,寿命不长,只留下个轻浮的名儿。"(《小说的体和用》)

三、唬人:"不从认真地反映现实着想,却立意很高,要'创造'出一个时代英雄……可以称作唬人的小说。"(《真实的小说和唬人的小说》)

四、抒情:在对当时周克芹有名的小说《许茂和他的女儿》的批评中说:"小说中抒情的部分太多了,作者好像一遇到机会,就要抒发议论,相应地减弱了现实主义的力量。"(《小说的抒情手法》)

五、卖弄:"小说忌卖弄","生活不能卖弄,才情也不能卖弄",否则,"使他的作品出现了干枯琐碎的毛病"。(《小说忌卖弄》)

从这样我总结的五点看,可以清晰地看出,孙犁先生这时候所指出的朴素的敌人,除了抒情过多这一点,其余四点,已经不局限文本创作本身,而是从纸上功夫扩延到生活、思想和我们文学潮流的诸多方面。为什么我们有的小说写成闹市一样热闹却未给人留下印象?为什么我们愿意在作品中卖弄和轻浮却受到追捧？为什么我们愿意并热衷于孙犁先生所讽刺的像上帝创造了人一样神奇的所谓英雄？如果1954年孙犁先生所指出性格、心理和风景描写上出现过的朴素的敌人，属于纸上功夫，只是外功，那么1981年孙犁先生所指出的这样五个朴素的敌人，则是作为作者的我们需要修炼的内功，要有一份对文学现实与自身的内外两重世界清醒的体认和真诚的自省。朴素的敌人，是孙犁先生写作一生的敌人，也应该是我们一切写作者所需要格外警惕的敌人。

可贵并值得我们学习的是，孙犁先生这样认识了，便这样实践了。在这同一本《尺泽集》里，我们可以找到范本。我仅从《报纸的故事》和《新年悬旧照》两篇散文谈起。

《报纸的故事》是名篇，发表近四十年来，入选多种选本。散文写的是年轻时在乡间艰难生活之际，好不容易订一份《大公报》，仅仅订了一个月。夏天雨打浸坏了顶棚和墙壁，只好用这一个月的报纸糊顶棚和墙壁。如果仅仅这样写，然后抒发一下对艰难日子有报纸读的怀念，和对家人在艰难生活中从牙缝里挤出的钱的感念，常是我们愿意写的或常常读到的怀旧文章之两翼：苦难中的亲情与心底的向往。而且，我们极其愿意渲染一下日子的艰难，觉得才能够映透读报的不容易，亲情的可贵，和对报纸的渴望，便也是对远方和未来生活的渴望,报纸便可以成为一种象外之意,让我们的文章多些姿彩和升华。

孙犁先生没有这样写,前面写生活的艰辛,写订报的不容易,写读到报纸的喜悦,都没有任何的铺排,没有一点的渲染和抒情,只是实实在在地写,没有任何花活,即孙犁先生说过的"卖弄",绝不让文字中显示出一丝一毫的"轻浮"。但是,在结尾处:"妻刷浆糊我糊墙。我把报纸按日期排列起来,把有社论和副刊的一面,糊在外面,把广告部分糊在顶棚上。这样,在天气晴朗,或是下雨刮风不能出门的日子里,我就可以脱去鞋子,上到炕上,或仰或卧,或立或坐,重新阅读我喜爱的文章了。"一下子,订了这一个月的报纸,赋予了情感和形象,让我们感动,让我们感慨,多了一种耐得住咀嚼的人生的多重滋味。这便是朴素的力量。

《新年悬旧照》,写的是两张老照片的故事。一张是孙犁先生年轻时的照片,他离家抗战,把照片留在家里,日本鬼子进村了,看见了照片,要抓照片上的人,在大街上抓到一个长相相仿的年轻人。抗战胜利后,孙犁先生回到家,妻子对他说起照片的事,对他讲:"你在外头,我们想你,自从出了这件事,我就不敢想了……"写得真的是好,就这样简单,却这样感人,便是朴素的力量。

另一张照片,是1981年要编选文集时朋友提供给孙犁先生1945年在蠡县照的,照片上他穿的那件棉袄,是妻子缝制的。"时值严冬,我穿上这件新做的棉衣,觉得很暖和,和家人也算是团聚在一起了。"写的比第一张照片还要简单,却一样的感人。

如果非要在看到这张旧照片后多一下抒情,或议论,哪怕只是一句,还会像现在一样让我们感动吗? 如果,把"和家人也算是团聚在一起了"这一句中"也算是"这三个字去掉(会有人觉得多了这三个字,显得心情没有那么英雄气呢),还会让我们品味得出战争生死颠沛中对家的那一份感情的五味杂陈吗?

还是在《尺泽集》里,孙犁先生由衷喜欢贾平凹早期的散文作品,他在评点贾平凹的《静虚村记》和《入川小记》时,特别说了"细而不腻"和"低音淡色"这样两点特色,他说:"这自然是一种高超的艺术境界。"显然,"细而不腻"和"低音淡色",是对付朴素的新旧几大敌人的有效却也难以做得到的方法。因为,这是一种高超的艺术境界,朴素是直抵这样境界的一条最便捷却也不那么好走的通道。

2019年7月10日写于北京

思想像清晨的阳光

《晚华集》是孙犁先生晚年"耕堂十种"的第一本,薄薄的,却是粉碎"四人帮"之后,孙犁先生出版的第一本书。暌违十余年,变革的新时代,与过去的岁月划分出一道醒目的分界线,也与孙犁先生前期尤其早期创作,画出一道分水岭。对于读懂并研究孙犁先生晚年思想变化和创作风格的形成,这是绕不过去的一本重要著作。

《晚华集》中,除个别篇章为20世纪60年代所写,其余均写于1977年和1978年之间。在那个除旧布新的新时代,重新握笔的孙犁先生,面临旧交散后,春潮涌来,知道"白洋淀"文学风格的写作,自己再也回不去了。那么,写什么,从哪儿重新开始,是面临这个新时代和自己内心的首要选择。

写于1978年6月26日的《近作散文的后记》一文,实际上就是《晚华集》的后记。这文章很短,但在我看来,十分重要,是孙犁先生在那个新旧交替时代对自己文学主张的自省与追求的明晰发言。他开宗明义说:"很多年没有写文章,各方面都很生疏,一旦兴奋起来要写了,先从回忆方面练习,这是轻车熟路,容易把思想情绪理清楚。"

"先从回忆方面练习",这是一个明智的选择。文学写作,从某种意义而言,就是写回忆。这也是文学创作的规律。尤其横亘一个漫长而又动荡不堪的十年,多有故旧凋零,十年生死两茫茫;更有世事沧桑,文章衰坏曾横流。孙犁先生自己说的是"毁誉交于前,荣辱战于心的环境里",往往"作家是脆弱的,也是敏感的"。(《谈赵树理》)虽然谈的是赵树理,其实也在说自己,是极其清醒的,也很有些忐忑。

《晚华集》中绝大数篇章,写的都是回忆。这些回忆,分为童年、战争和"文革"不同时期几种。书中还有占一半左右篇幅,是纪念故去作家的篇章,和为作家作的序文,写的也都是回忆,是和这些故旧关于过去年代交往的回忆。

这些篇章中,重头戏是战争年代的回忆。那种"和手榴弹一同挂在腰上的,还有一瓶蓝墨水"的战地奔波的年代,虽有生死危险,却最让他怀念。他说:"那些年,我是多么喜欢走路行军！走在农村的、安静的、平坦的路上，人的思想就会像清晨的阳光，猛然投射到披满银花的万物上，那样闪耀和清澈。"（《某村旧事》）这样带有浓郁感情色彩的抒情，在这本《晚华集》中是罕见的。"人的思想就会像清晨的阳光"，如此的明朗清澈，穿透并照亮回忆。为什么孙犁先生会有这样的感情和感慨抒发？

只要想一想，这时候，孙犁先生刚刚经历过一个什么样的年代。在《关于〈山地回忆〉的回忆》中，他写过这样一段话："在'四人帮'当路的那些年月，常常苦于一种梦境：或与敌人遭遇，或与恶人相值；或在山路上奔跑，或在地道中委蛇；或沾溷厕，或陷泥潭。有时漂于无边苦海，有时坠于万丈深渊。"

如果我们将这一段话，和上面的那一段话，做个比较，便会明白孙犁先生为什么充满如此的感情与感慨。猛然出现的那时的思想像清晨的阳光，正是对应这样恶梦连连的岁月的。这是两种时代也是两种人生的画面。

在我的理解，这里说的"思想"更多指的是感情，是思绪。尤其是再对比"有的是生死异途，有的是变幻万端""有势则附而为友，无势则去而为敌"（《韩映山〈紫苇集〉小引》），见惯了时代动荡中"不断出现的以文艺为趋附的手段"各类嘴脸之后，会更加明白"人的思想就会像清晨的阳光"这句话的含义与分量,它不仅属于回忆,属于对比,更属于对现实的定位,和对未来的期冀。清晨的阳光,不仅属于那个逝去的年代,也属于孙犁先生的"白洋淀"和津门晚华。

但是真正书写这个年代,孙犁先生的笔却变得格外温情起来,或许他暂时不忍心触碰吧。在《删去的文字》一文中,他回忆了这样一件事,一个歌舞团十七八岁的年轻的女演员,找到他外调他的老战友方纪,只是对他说话没有像其他有些外调人员那样盛气凌人,而是很和气,"在她要走的时候,我竟然恋恋不舍,禁不住问:'你下午还来吗?'"而且,一直"很怀念她"。因为"在这种非常时期,她竟然保持正常表情的面孔和一颗正常跳动的心,就证明她是一个非常不凡的人物"。在这样的回忆中,看出了孙犁先生善感而敏感的心,也泄露出一丝无法完全摆脱的"白洋淀"气息。

难得的是,在《晚华集》中,这样温情流泻的文字不多,更多的是他的反思,无论是战争年代的回忆,还是"文革"年代的回忆,有他自己清醒的认知和梳理。

回忆战争年代时,他曾经为抗战学院写过的校歌,他毫不掩饰地批评:"现在连歌词也忘记了,经过时间的考验,词和曲都没有生命力。"

回忆那时在《冀中日报》上发表的长文《鲁迅论》,他更是毫不留情地反思自己:"青年时写文章,好立大题目,摆大架子,自有好的一面,但也有名不副实的另一面,后来逐渐才知道扎实,委婉,但热力也有所消失。"

在"文革"时期,有人曾劝他迎合当时的口味改写《白洋淀纪事》。他几乎没加思考就一口拒绝了。他说:"如果按照'四人帮'的立场、观点、方法,还有他们那一套语言,去篡改抗日战争,那便不只是有悖于历史,也有昧于天良。我宁可沉默。"

他还说:"真正的历史,是血写的书。""真诚的回忆,将是明月的照临,清风的吹拂,它不容有迷雾和尘沙的干扰。"(《在阜平——〈白洋淀纪事〉重印散记》)在这里,我看到了孙犁先生性格的另一面。"白洋淀"风格,可以有回溯的灵光一闪,但确实是难以重回现场。

在《晚华集》中,对人的回忆部分,与当时以及如今普遍流行的怀人篇什,不尽相同。他不仅写了被写对象好的部分,也写了他们的一些弱点,乃至印象不好的那一部分,和传统的为贤者讳完全不同。比如,对老友方纪,他直言其"出口不逊,拍案而起"的作风,也直言批评他才气外露的性格和"时之所尚"的为文风格(《〈方纪散文集〉序》)。对邵子南,他更是直言不讳地说:"他有些地方,实在为我所不喜欢。"(《清明随笔》)这些不喜欢的地方,他说得极为具体:"他写的那个大型歌剧,我并不很喜欢。"——这是说作品。"他的为人,表现得很单纯,有时甚至叫人看着有些浅薄而自以为是。"——这是说做人。"他的反应性很锐敏很强烈,有时爱好夸夸其谈。"——这是说性格。

怀人文章,还有人如孙犁先生这样写法的吗?我见少识陋,没有见过。但是,这样写,并没有妨碍他对被写对象的尊重与怀念之情。在《悼画家马达》一文中,孙犁先生写了马达的种种不是,甚至几次都不愿意和他做邻居,说他"在上海混过,他对搬家好像很感兴趣"。但是孙犁还写了这样两个场面,一个是粉碎"四人帮"后,报社派人找到他,他正在农村生产队用破席搭成的防震棚里,"用两只手抱着头,半天不说话,最后,他说:'我不能说话,我不能激动,让我写写吧'"。一个是战争年代,行军路过一个村庄,马达看见两个年轻的妇女在推磨,立刻掏出纸笔,迅速画了起来,孙犁先生站在马达身后,看见马达"只是几笔,就出现了委婉生动、非常美丽的青年妇女形象。这是素描,就像雨雾中见到的花朵,在晴空中见到的勾月一般"。

这样前后两个画面,一个是那么朝气,一个是那么悲凉,让我看到大画家马达在时代的跌宕之中人生的沧桑。孙犁先生以干练的白描，勾勒出马达真实的形象，真挚地表达了他对马达的深情。这比那些不吝大话套话的修辞编织的花圈赞美逝者，让人会感到更为亲切而真实。

还是在《近作散文的后记》中，孙犁先生说："我所写的，只是战友留给我的简单印象。我用自己诚实的感情和想法，来纪念他们。我的文章，不是追悼会上的悼词，也不是组织部给他们做的结论，甚至也不是一时舆论的归结或摘要。""我坚决相信，我的伙伴们只是平凡的人，普通的战士，并不是什么高大的形象，绝对化的人。这些年来，我积累的生活经验之一，就是不语怪力乱神。"

可以说，这也是新时期孙犁先生文学创作的经验和主张。如果我们再来看《关于〈山地回忆〉的回忆》中对过去书写的文章，孙犁先生自省所说"用的多是彩笔，热情地把她们推向阳光的照射下，春风的吹拂之中"。我们便更会觉得，这样已经变化了新的生活与写作经验和主张，是多么的重要，多么的可贵。它帮助孙犁先生开启了一个新的时代。也可以让我们面对今天和自己，躬身自问，会不会和孙犁先生一样，有一份清醒的自知和诚实的自省。

2020 年 7 月 10 日写于北京

孙犁读记

——纪念孙犁先生逝世十九周年

孙犁和柳宗元

在唐代诗人之中,孙犁先生对柳宗元情有独钟。四十三年前,1978年底,孙犁先生写过一篇题为"谈柳宗元"的文章。这篇文章收录在粉碎"四人帮"后出版的孙犁先生第一本书《晚华集》中。这本书很薄,但很重要,内容丰富,其中主要涵盖这样三方面内容:对故土乡亲和对自己创作的回忆;对逝去故旧、对劫后余生老友的缅怀和感念;对古今典籍的重读新解。前两方面并非"今夕复何夕，共此灯烛光"的单纯的怀旧，而是以逝去的过去观照现实，抒发对今日的感喟；后一方面则道出孙犁先生重新握笔为文的旨向，也可以视之为文的小小宣言。两者是互为关联、彼此促进的，可以明显触摸得到孙犁先生当时情和感、文与思的两个侧面，是如何相互渗透，从而激发他晚年创作的高潮。

《谈柳宗元》是这本书中的最后一篇文章。在我的阅读经验中，一直觉得是这本书中最值得重视的一篇文章。它着重谈的是对于柳宗元为文品质与文人性格长短强弱的评价。有意思的是，文章的开头谈的却是文人的友情，孙犁先生开门见山说："朋友是五伦之一。这方面的道义，古人看得很重。""讲朋友故事的文学作品，在中国有相当大的数量。"然后，他谈到了刘禹锡和柳宗元这两位文坛朋友之间的友情。但是，他未及深说，只写了一句："柳宗元死后，他的朋友刘禹锡一祭再祭，都有文章。"便戛然而止。

这让我格外好奇，甚至有些不解。因为从文章的一头一尾看，都是主要写朋友之间的友情，开头以古人始，结尾以现实止，前后的呼应和镜像关系是明显的。为什么在中间的部分只是这样一笔带过，宕开来去，而没有将柳宗元和刘禹锡之间的友情写下去呢？

柳宗元和刘禹锡的友情,在唐代诗人中是格外突出的。他们二人不仅同为永贞革新的八司马中的"二马",政治趋向一致;他们的诗文同样趣味相投,追求一致;更重要的是他们的品性相同,方才在落难之时的残酷现实中,越发见得惺惺相惜的真情所在。后一点,对于友情而言,似乎比文字更加可靠。如此,在他们二人同时二次被贬时,柳宗元是贬至广西柳州,刘禹锡是贬至更为边远贫寒的贵州播州(今遵义),而且,刘禹锡还要带着年逾八十的老母,一路崎岖长途颠簸,舟船车马劳顿,需要三四个月时间,才能从长安到达播州,风烛残年的老人怎么受得了! 于是,柳宗元上书皇上求情,请求自己和刘禹锡对换,让刘禹锡带着老母到近一些的柳州,自己远去播州。这样的高情厚谊,即使是当今日下的文人,恐怕也难以做到,更不要说一些人争名夺利还来不及呢,哪里谈得上让自己忍痛割肉。

　　这是柳宗元对刘禹锡的友情,反过来,刘禹锡对柳宗元,一样如此真情以待。柳宗元四十七岁英年之时客死他乡,是刘禹锡收留下柳宗元的几个孩子,发誓"遗孤之才与不才,敢同己子之相许",将这几个孩子抚养成人,并将其中一个孩子培养成了进士。同时,他完成了柳宗元的遗愿,耗时五年之久,终于将柳宗元的诗文收集编辑出版。正如孙犁先生所说,柳宗元死后，刘禹锡不仅写文章"一祭再祭"，还为柳宗元的文集出版尽心尽力，并亲自作序推介。

文人之间的友情，做到柳宗元和刘禹锡如此，实在是令人叹为观止。史上与现今，并非没有，却极为罕见，我想到的是放翁和四川老友张季长的旷世友情，放翁曾有这样一句诗赠张："野人蓬户冷如霜，问讯今惟一季长。"所谓"惟一"，确如少见。所谓"野人蓬户冷如霜"，在这样的境遇下的"惟一"，才更是确如少见。

这样想来，便也就多少明白孙犁先生在《谈柳宗元》中，未及深说柳宗元和刘禹锡之间友情的内心潜在原因。孙犁先生在这篇文章中有意留白给我们读者。我这样说，不是没有来由的，因为在这篇文章中孙犁先生未及深说，在其他文章却有明显的涉及。这些文章，和《谈柳宗元》同一时期所写，都收集在《晚华集》和《尺泽集》两书中。

在《谈赵树理》一文中，孙犁先生谈到文人与政治环境的关系，他说："政治斗争的形势，也有变化。上层建筑领域，进入了多事之秋，不少人跌落下来。作家是脆弱的，也是敏感的。"作家所面临的，是"毁誉交于前，荣辱战于心的新的环境里"。孙犁先生很清楚，在这样政治动荡的新环境里，虽然不少文人和柳宗元与刘禹锡遭受过一样的颠簸命运，但如今的文人的脆弱与敏感,是难以达到柳、刘二人的友情境界的。

如果仔细读《谈柳宗元》一文,孙犁先生提到读韩愈的《柳宗元墓志铭》时特别有意写了这样一笔:"在这篇文章里,我初次见到了'落井下石'一词和挤之落井的'挤'字。"这一笔恐怕不是挂角一将。真的是对曾经的朋友不去落井下石和挤之落井,就已经不错了,哪里谈得到如柳宗元上书皇上,要求和刘禹锡置换流放地一样的舍己为人?

在《读柳荫诗作记》一文中,孙犁先生有过这样一段关于简化字"敌"的议论,非常有意思:"自从这个'敌'被简化,故人随便加上一撇,便可以变成'敌人'。因此,故人也已经变得很复杂了。"这样含义深长、别致精彩却又痛彻心扉的话,可以作为现实文人之间脆薄友情变化的另一种形象补充。

在《韩映山〈紫苇集〉小引》一文中,孙犁先生写出在这样情势下文人的变化:"这些年,在我交往的人们中间,有的是生死异途,有的是变化百端的。在林彪'四人帮'等政治骗子影响下,即使文艺界,也不断出现以文艺为趋附的手段,有势则附而为友,无势则去而为敌的现象。实际上,这已经远劣于市道之交。"这样的话,说出来是沉痛的,却是孙犁先生自身亲历后的喟叹。文坛"已经远劣于市道之交",更遑论柳、刘之间文人的友情?

在《忆侯金镜》一文中,孙犁谈到朋友之间的文章如何评论的问题,他写道:"对于朋友的作品,是不好写的也不好谈的。过誉则有违公论,责备则又恐伤私情。"文人之间的友情,不可能回避作品,作品是友情重要的载体和通道。但对于保持操守恪守颜面的文人谈论彼此的作品,确实又是很难的,于是,今天文人之间难以做到如刘禹锡一样对柳宗元诗文作品发自深心盛赞的情景,因为那既含有私情,又饱有公论,而不是区区为了评奖或晋级或为卖书而站台式的捧场。

从这些文章中的互文互补里,可以品出一些在《谈柳宗元》中未及深说文人之间友情的那些留白意味。因此,再读《晚华集》后记中这一段:"我才深深领会,鲁迅在30年代所感慨的:古人悼念朋友的文章,为什么都是那样的短,而结尾又是那么地紧迫! 同时也才明白,为什么名家所作的碑文墓志都是那么的空浮漂虚。"这一段话,说得言简意深,发人深省。我多少领会一些孙犁先生内心所隐和所苦,所思和所叹。即使是朋友之间,能够完全说出真实的话来,也是困难的,尤其对于脆弱又敏感的文人,格外看重名节又格外能出卖名节的文人,更是困难。

不知道柳宗元和刘禹锡如果活到今天,会不会一样拥有这样的困惑? 还是一如既往地保持着当年的风范,经受得住考验,能够向世人证明一下,文人之间的友情,并不是"远劣于市道之交"?

三马和二马

粉碎"四人帮"之后,重拾笔墨,孙犁先生的心态与文风已经大变。基本上,他不再写小说,转战随笔散文与短论,文笔从白洋淀风转而深沉老辣如秋霜凛冽,所谓"庾信文章老更成"。

在短暂的时间里,孙犁先生写过一组《芸斋小说》,但这一组制式短小的小说,和以前的《荷花淀》短篇小说风格完全不同。说是小说,其实更接近《阅微草堂笔记》。也多少有些《聊斋》的影子。笔底裹挟的不再是艰辛战争风云中美好的人物与恬淡的人情,更多是"世味年来薄似纱"之后的跌宕世事与沉浮人生,删繁就简,剔除了一切铺排与渲染,有意将杂文之风揉搓进小说叙事的肌理之中,将别来沧海事融入语罢暮天钟回荡的袅袅余音里。这是孙犁先生晚年创作风格的重要之变。

写于1982年1月的《三马》,是这一组《芸斋小说》中的一篇。不知别人读《三马》时会有如何的感受,我是首先想到了老舍先生的《二马》。这当然只是一种小说题目比附所带来由此及彼的联想,其实两者是风马牛不相及的,因为小说的内容和写法完全不同。《二马》是小二十万字的长篇,《三马》是两千来字的短篇。《二马》写的是20世纪之初的故事,《三马》写的是"文化大革命"的事情。《二马》反映了中西之间的文化冲突,上下两代人之间的性格与命运的异趣,幽默的笔触,喜剧的构制。《三马》则写了在特殊时代里一个人的命运,以个体映照时代,朴素的叙述,悲剧的意味。

如果说两篇小说有相同之处的话,便都是写一个同为马姓人家的故事。《二马》写了马家的父亲老马和儿子小马,《三马》主要写了马家的三个儿子:大马、二马和三马。《二马》写了在时代变化的大背景下老马和小马的矛盾,但并没有引发致命的冲突;《三马》则不同,虽然三个儿子之间没有正面的冲突,但也是由于时代动荡的原因,导致三马最后死的悲剧发生,是远比《二马》老马和二马父子同时爱上女房东母女俩这样带有喜剧元素并极具戏剧化的结尾要惨烈得多。从而也可以看出,小说的深度与广度,并不仅仅在于长度,江河湖海可以浩瀚万里,桃花潭水也可以深至千尺。

《三马》中的大马和二马,到了岁数,找不着对象,进了精神病医院,原因是父亲以前曾经在日本人办的报馆里做过事,被诬为日本特务所致。"文化大革命"一来,旧事重提,马家的父亲被关进牛棚,家中只剩下十六七岁的三马一人。小说中的"我",即孙犁先生本人,也由于"文化大革命",从原来住的三间屋子被勒令搬进一小间黑屋,正好与三马为邻。进而,"我"进一步落难,也被关进牛棚,和马家父亲同为牛鬼蛇神,而与老马结识。

正如《二马》中多了一个尹牧师的人物,串联起老马、二马父子和房东母女之间的故事;《三马》中的"我",串联起三马与大马、与二马三兄弟以及和父亲老马之间的故事。牛棚生涯结束,"我"被"解放",从这间小屋搬回原来住的三间老屋的同时,三马的两个哥哥也从精神病医院回来了,三马不愿意同两个疯人同住,"自己偷偷住进了我留下的那一小间空房。被管房的知道了,带一群人硬逼他出来,他恳求了半天,还是不行,又挨了打,就从口袋里掏出一瓶敌敌畏,当场喝下去死掉了"。

小说到此,戛然而止,让人掩卷叹息。想起老舍先生的《二马》,更会为三马而叹息。实在是三马的命运还不如二马与老马父子。起码,二马和父亲老马还一起飘洋过海,不仅看到异国风景,还和洋人谈过一场虽未果却也心旌摇荡的恋爱。尽管最终只是人家洋妞喝醉了之后的行为,毕竟二马还得到过一个香吻。三马,和他的两个哥哥,却连恋爱的滋味都没有尝过呀。而且,三马死去的时候,仅仅才十六七岁呀。

时过境迁之后,在如今一个小品相声流行,搞笑的喜剧胜于沉重悲剧的年代里,重读《三马》这样的文字,会让我们记住一些不该忘记的人生与世事。在文学的书写越来越边缘化,越来越内转化,越来越碎片化,越来越趋向于世俗权势与资本,重读《三马》这样的文字,会让我们觉得正视现实与历史,还是文学应尽的本分,是文学生命应该流淌的血脉。

《三马》中,还有这样两处笔墨,尤其值得注意。这两处,如同《二马》中多出另一个人物李子荣一样,牵出小说的另一个人物,即"我"的老伴。

一处是"我"搬进小屋,与三马为邻,三马主动和老伴招呼说:大娘,你刚搬过来,缺什么短什么,就和我说吧!老伴感激得落泪,因为"在很长一段时期,他是唯一对我家没有敌意并怀有同情之心的人了"。显然,这一处的描写,写的是三马这个人,让三马的善良,和三马死的悲凉,做了对比。

另一处,写"我"在"牛棚"期间,快接近"解放"时候了,老伴却在附近的医院里病逝了。是两位朋友帮忙草草办了丧事。表面看,老伴的死,和三马的死,并无关系,和三马这个人物的描写,也无关联。但是只要想一想,无论老伴的死也好,还是三马的死也好,都是死于非难,如果不是那个年代,他们都不会死。这样想来,两个不挨不靠的人的死,便也连接一起,成为彼此凄婉的回声。

再看,想起老伴跟着"我"整整四十年,一同经历了千辛万苦,但是孙犁先生写道:自己"没掉一滴眼泪"。在听到三马死的消息时,孙犁先生写道:"我的干枯已久的眼眶,突然充满了泪水。"没有任何煽情和渲染,两厢的对比,写出了三马之死的悲剧之悲,方才让"我"泪水盈眶。有时候,小说的潜流,更会水花四溢,打湿读者的心。小说中看起来并不紧挨紧靠的人物,哪怕只是细微的细节,都会起到与小说人物主线相互辉映的作用,像树根一样交错盘缠,才会让树的枝叶繁茂。

此外,《三马》最后的一段"芸斋主人曰"很重要。"芸斋主人曰",是这一组"芸斋小说"都有的结尾表现形式,显然是从《聊斋》中的"异史氏曰"衍化而来。在粉碎"四人帮"重新握笔的初始之时,孙犁先生就对《聊斋》这部书情有独钟,重读并予以评说。1978年7月写的《关于〈聊斋志异〉》一文中,他特别指出:"我也喜爱'异史氏曰'这种文字,我以为是直接承继了司马迁的真传。"足见孙犁先生对于"异史氏曰"这一写法的重视,方才在自己的"芸斋小说"中有意为之。

需要看到的是,在一组"芸斋小说"中,《三马》的这一段"芸斋主人曰"尤其重要:

鲁迅先生有言，真正的勇士，能面对惨淡的人生，正视淋漓的鲜血。余可谓过来人矣，然绝非勇士，乃懦夫之苟且偷生耳。然终于得见国家拨乱反正，"四人帮"之受审于万民。痛定思痛，乃悼亡者。终以彼等死于暗无天日，未得共享政治清明之福为恨事，此所以于昏眊之年，仍有芸斋小说之作也。

这一段"芸斋主人曰"的重要，在于孙犁先生直白无误地明确道出了他为什么要写这一组芸斋小说的原因，正在于如三马一样的很多人，未得共享政治清明之福却死于暗无天日，他们惨于我们活着的人的悲剧命运，让孙犁先生不能忘记而骨鲠在喉不吐不快。这便是一位作家的良知，是他的写作宣言，是他为文的内在推动力。

粉碎"四人帮"后重执笔墨，孙犁先生写了一批回忆之作。1978 年 12 月，孙犁先生写成《谈柳宗元》，借柳宗元故去后刘禹锡的纪念文章、韩愈写的墓志铭而引发感想："自从 1976 年，我开始能表达一点真实情感的时候，我却非常怀念这些年死去的伙伴，想写一点什么纪念我们过去那一段难得再有的战斗生活。这种感情，强烈而迫切，慨叹而戚怆。"因此，这一类怀人之作,是经历了时代剧烈震荡和个人命运跌宕之后的回忆,不是简单感时伤怀的怀旧。风雨过后,僧亡塔在,树老花存,却塔不再是以前的塔,花也不再是以前的花,积淀之后重新审视之后的沧桑戚怆回忆,便也不再是以前白洋淀的旧日风景。这一批回忆之作,占据了孙犁先生晚年创作的相当一部分,极其重要。

这样的回忆之作,大致分为三类,一类是"文革"前后多种普通人物命运的回忆,大多以"芸斋小说"的形式表现,如这篇《三马》;一类是回忆自己家庭和家族以及乡间往事,是以散文的形式表示,如《亡人逸事》《乡里旧闻》等;一类是回忆风雨故人,在粉碎"四人帮"后出版的第一本散文集《晚华集》中,在为不少朋友新出的文集所作的序中,或共此灯烛光,或剪烛西窗下,真挚而强烈,简朴委婉道出。

这三种文章的分别,细致而明确,想来在孙犁先生心里是有定数的。《三马》只是这一类文章的其中一篇,是这样喷涌而交汇的浪花千叠的一簇。放在这样的创作背景下重读这篇小说,会更可以看出它与其他文章相互的关系,以及创作所形成的肌理与情势。

这样的文章分别,不仅涉及文体与写作的规划,也是对以往逝去的人与事、情和景、史及实的一种回顾中的盘点、省思和批判。这种盘点、省思和批判，不仅面对客观世界，也直面自己的内心世界。特别是后一点面对客观与内心双重世界的省思与批判，在最初写这一类文章时，孙犁先生就有清醒的认知与预判，他说："我们习惯于听评书掉泪，替古人担忧，在揭示现实生活方面，其能力和胆量确是远逊于古人的。"（《谈柳宗元》）这便是一个作家的清醒之处，可贵之处。在这样一系列互文互质的文字中，可以看出孙犁先生和过去所谓"白洋淀"风格判若两人的区别，显得更为深沉而丰厚，简洁而清癯，复杂而多义。这是留给我们的一笔宝贵的遗产。

我曾经说过，怀念一位德高望重的作家，最好的也是最重要的方式，就是认真地重读他的作品。谨以此文纪念孙犁先生逝世十九周年。

2021年7月28日写毕于北京雨中

岁末读孙犁（十则）

一

在《关于散文创作的答问》中，孙犁先生挂角一将，引用了明末时的一句谚语："刻一部稿，娶一房小，念一句佛，叫一声天如。"

孙犁先生注明："天如即张溥，是权威评论家。"

看来，文人追逐评论家，自明末即是，并非始于今日。

关于专事吹捧的评论家，孙犁先生曾经说有这样四类：一是保姆式，自己说好的作家，别人不能批评；二是红人式，专捧走红作家；三是变脸式，"论点多变，今日宗杨，明日宗墨"；四是"托翁""托姐"式。

这样的现象，不能完全归罪于评论家，独木不成林，是作家与评论家双向所为。孙犁先生在《谈作家素质》中说："目前一些文学作品，好像成了关系网上的蛛丝，作家讨好评论家，评论家讨好作家。大家围绕着，追逐着，互相恭维着。"

当然，文人追逐评论家是有目的的，孙犁先生在《和青年作家李贯通的通信》中指出：不过是"以文会权，以文会利"。在《序的教训》一文中，孙犁先生又说："或由专家题字，或得权威写评，都可以身价顿增，龙门得跃。"

在这篇文字中，孙犁先生还说："无论各行各业，无论什么时代，总有那么一种力量，像寺院碑碣上记载的：一法开无量之门；一言警无边之众。"令人叹服。

二

关于散文写作，晚年孙犁以自己的创作经验出发，特别强调要写小事。

在给韩映山的信中，他说："最好是多记些无关紧要的小事，从中表现他为人做事的个性来。"

在给姜德明的信中，他说："最好多写人不经心的小事，避去人所共知的大事。"

这里所说的"无关紧要"和"人不经心",指小事的两个方面:"人不经心",是被人们所忽略的,即熟视无睹;"无关紧要",是看似没有什么意义和意思的,即见而无感。

写小事,并非堕入琐碎的婆婆妈妈,一地鸡毛。在《关于散文创作的答问》中,孙犁先生又说:"是所见者大,而取材者微。微并非微不足道,而是具体而微的事物。"

1992年,孙犁先生写过一篇散文《扁豆》,是一段回忆:1939年在阜平打游击时,住神仙山顶一户人家,家中只有一个四十开外的男人,山顶背面,种有肥大出奇的扁豆。每天天晚,他都做好玉面饼子,炒好扁豆,等孙犁从山下回来吃。就是这样一件小事,可谓"无关紧要"和"人不经心"。吃完之后,"我们俩吸烟闲话,听着外面呼啸的山风"。文章戛然而止,再无一点多余的涂抹。我读后很感动,战时的萍水相逢,扁豆和山风,都有感情,却含而不露,让人怀想。所谓小事不小,所见者大。

三

1983年9月,孙犁先生编选完《远道集》,为之写的后记中说："今年夏天,热得奇怪。每天晚上,我不开灯,一个人坐在窗前,喝一杯凉开水,摇一把大蒲扇,用一条破毛巾擦汗。"

这一年,孙犁先生七十岁整。这是一位大作家当时生活与写作的实景存照。凉开水,大蒲扇,破毛巾,是其三个镜头的特写。

在这则后记中,他接着这样写道:"我住的是间老朽的房,窗门地板都很破败了,小动物昆虫很多。"他特别写了趴在破纱窗和掉在床铺上的壁虎,和四处鸣叫的蟋蟀。无论怎么说,这并不是理想的生活和写作之地。尽管昆虫具用田园风光。

在这则后记中,他由昆虫联想"过去,我在秋季的山村,听过蟋蟀的合奏。那真是满山遍野,它们的繁响,能把村庄抬起,能把宇宙充塞"。

那是在过去在乡间的年代,不是现在老屋破窗,然后在凉意凄清中"钻到蚊帐里去"。

昆虫能带来快乐,是在童年。一年之后,1984年,孙犁先生写了一篇《昆虫的故事》,开头第一句话是:"人的一生,真正的欢乐,在于童年。成年以后的欢乐,则常带有种种限制。"

在这篇散文中,孙犁先生详尽描写了他童年时在乡间捉虫的经历,其中捉一种总是倒着走叫"老道儿"的虫子,最有趣。"老道儿"藏在沙土地像酒盅似的坑里面:"我们一边嘴里念念有词:'老道儿,老道儿,我给你送肉吃来了。'一边用手向沙地深处猛一抄,小酒盅就到了手掌,沙土从指缝里流落,最后剩一条灰色软体的,形似书鱼而略大的小爬虫在掌心。"

正巧,在读川端康成的一则小说,其实是一则散文——《蝗虫和金琵琶》,写的也是昆虫,也是童年时一群孩子捉虫子。一个小男孩提着自制的灯笼,在河堤的草丛里捉到一只蝗虫,递给在一个叫喊着"我要蝗虫"的小女孩的手里,小女孩惊喜地叫了起来:"不是蝗虫,是金琵琶呀!"孩子手提的灯笼光,凄迷而梦幻般地照在孩子的脸上。显然,金琵琶是比蝗虫要好看要高级要让孩子激动的小虫。

在文章最后,川端康成写了这样一番感慨:有朝一日,当你感到人世间到处都充斥蝗虫的时候,你会把真正的金琵琶也看成是蝗虫的。这样的感慨,和孙犁先生所说的成年以后的欢乐受到了限制,有相似之处。昆虫带给我们的欢乐,只在童年。在童年,我们才会遇到金琵琶。童年过后,我们遇到的是蝗虫。

四

1982年,人民文学出版社出版《孙犁散文选》,孙犁先生在自序中提出了关于散文写作的三点意见：一是质胜于文，质就是内容和思想；二是要有真情；三是文字要自然。这三点意见，看似有些老生常谈，但是，老生常谈，并不都是陈词滥调，其对于今天的警醒之意，并未因其话老年陈而减弱。真正做到这样三点，并不容易。

在这则自序中，孙犁先生举了这样一个例子：

> 传说有一农民，在本土无以为生，乃远走他乡，在庙会集市上，操术士业以糊口。一日，他正在大庭广众之下，作态说法，忽见人群中，有他的一个本村老乡，他丢下摊子，就大惭逃走了。平心而论，这种人如果改行，从事写作，倒还是可以写点散文之类的东西的。因为，虽他一时失去真相，内心仍在保留着真情。

这个例子说得十分有意思，绵里藏针，颇含讥讽之刺，像一则寓言。可以看出，孙犁先生所言的三点意见，真情最为重要。我们不少散文，写得还不及这位落荒而逃的农民的行为文字，是因为我们还不如他知惭而羞，内心尚存一份真情。这是值得我自己警惕的。

五

《书衣文录》，大多在"文革"特殊时期所写，按照孙犁先生自己的说法，是为了"消磨时日，排遣积郁"，属于喃喃自语，非为发表。正如他日后所言："文字是很敏感的东西，其涉及个人利害，他人利害，远远超过语言。作者执笔，不只考虑当前，而且考虑今后，不仅考虑自己，而且考虑周围，困惑重重，叫他写出真情实感是很难的。只有忘掉这些顾虑的人，才能写出真诚的散文。"(《关于散文创作的答问》)他又举例说："司马迁的《报任安书》，因为是私人信件，并非公开流布的文字，所以他才说了那么多真心话，才成为千古绝唱。"

《书衣文录》也是这样，那么多真心话，借助于书，端写在包书纸上，当初只是自己的一种消遣和纪念，并没有想到日后的发表。如此，方才心无旁骛，信笔由心，真实的情感与思想，并不回避的历史和现实，如水漫延，肆意流淌，涉及多方面，内涵丰富，不仅记录孙犁先生自己一份心路历程的片断剪影，也刻印下那一特殊时期的史的旁注。

就散文的文体而言，它有古人题跋的影子，更具有创新之意，文体的创新，皮和肉是连带一起，不仅止于形式，同时连带思想的含量,起码迄今未再有这样的文体出现。现在,连手稿都罕见了。

我读《书衣文录》,其中那些富有生活点滴部分,虽只是涉笔成趣,却如新蔬出泥带露,别具另一种风味,格外引我兴趣。抄录几则如下——

　　昨夜梦见有人登报,关心我和我的工作,感动痛哭,乃醒。

　　　　　　　　——1975年4月27日题于《西域之佛教》

　　（陈梦家）盖纯粹书生也。于"文化大革命"中惨死。考古一途,何与人事?受迫如此。哀其所遇,购求此书。

　　　　　　　　　　——1981年9月2日题于《汉简缀述》

　　昨日报载,市人民图书馆管理员,盗窃书籍一千余册,卖得二千余元,其中有《营城子》贵重书籍,每部所得仅二元。

　　　　　　　——1981年5月17日题于《谈龙录百洲诗话》

　　姜德明寄赠。德明信称:出版社书库爆满,将存书售给花炮作坊。此书只收三角,一杯酸牛奶价。

——1986 年 3 月 10 日题于《兰亭论辩》

四则文录,一则写自己,一则写他人,后两则写世情。写自己,其梦感时伤怀,如此锥心。写他人,其遇物伤其类,如此凄婉。写世情,书与人同贱,世与情共伤。

再看三则——

昨晚台上坐,闻树上鸟声甚美。起而觅之,仰望甚久。引来儿童,遂踊跃以弹弓射之。鸟不知远引,中两弹落地,伤头及腹,乃一虎皮鹦哥,甚可伤惜。此必人家所养逸出者,只嫌笼中天地小,不知外界有弹弓。

——1975 年 6 月 13 日题于《建炎以来系年要录》

夜起,地板上有一黑甲虫,优游不去,灯下视之,忽有诗意。

——1983 年 6 月 23 日题于《文苑英华》

二月四日下午,余午睡,有人留简夹门缝而去,亦聊斋之小狐也。

是日晚七点三十五分,余读此书年谱,忽门响如有人推摇者,持眼镜出视,乃知为地震。

——1975年2月4日题于《蒲松龄集》上

这三则非常有意思,前两则,一台上观鸟,一灯下看虫。观鸟先觉其美后见鸟被射伤而慨叹"外界有弹弓",多有象外之意。看虫,孙犁先生说是"忽有诗意",其实,夜半看虫,虫与人均优游不去,更有衰年独处的落寞之凉意。

后一则,小狐和门响,留简与地震,交织一起,虚实相加,均在《聊斋》氛围和情境中。如果不是正在读《蒲松龄集》,哪里来此水乳交融的妙笔横生? 日后,孙犁先生说:"散文之作,一触即发。真情实感,是构思不出来的。"果不其然!

还有一则:"连日大热,今日上班,从纸篓中,收得此纸。"这是1975年8月18日,包《戴东原集》的包书纸。很多包书纸,就是这样别人随意丢弃的废纸。很多文字,就是这样不经意间得来,犹如弯腰拾穗,竟也盈篮。

孙犁著《书衣文录》

忽然想起,同样的年代里,画家庞薰琹先生身处逆境,路过一家花店,看见门前被丢弃的烂花,弯腰拾起几枝,回家画了一幅油画《紫色野花》。

六

1991年,孙犁先生写了一组《耕堂读书随笔》,其中有一则读《后汉书卷五十八·桓谭传》,很有意思,孙犁先生特意加了个副题——一个音乐家的悲剧。

其悲何处?

桓谭是位有家传的音乐家。西汉成帝时期,他父亲便是有名的音乐家,当了一个太乐令的小官。桓谭子承父业,不仅善于弹琴,而且也当了这样一个"倡优"的小官,猜想应该和如今音乐家协会的主席相仿吧。这不过是戏台上唱戏戴帽翅的官儿而已,小小的级别是有了,桓谭以为自己便是真正的官了。桓谭的悲剧,便在于此。

桓谭如果从政,真正为官,应该是个好官。王莽篡位时,很多官拼命诏媚,《桓谭传》中写:"谭独自守,默然无言。"孙犁先生说:"这在当时,就很不容易了。"其实,又何止在当时。

正直,但若能坚持"默然无言",悲剧也不会发生。偏偏,桓谭正直,还爱直言,而且是对皇上直言进谏,自信为"忠正导主"。如果仅仅是直言于你自己的音乐一亩三分地之内,便也不会惹出大麻烦。偏偏,桓谭"上述陈时政",而且,指陈的是皇上的"图谶"和"用兵不当"这样两条,直捅皇上的肺管子。他忘记当初皇上就是靠"图谶"上位的了。导主,自古只有主导百官和百姓,主是你导的吗?后来的结果,必然是悲剧,桓谭差点没丢了性命。

孙犁先生有这样一段感喟:

> 他本来是一个音乐家,他本来可以伴音乐而始终,平安度日。他做的官是给事中,是皇帝身边的一个小官,皇帝喜欢,他弹琴,关系处得并不错。如果就这样干下去说不定还会得到皇帝的宠爱,享受荣华富贵哩。

在这里,孙犁先生没有把话说完。一个"哩"字,泄露无穷的余味。

七

晚年,特别是粉碎"四人帮"后重新握笔之初,孙犁先生写过不少悼念故人或为朋友书稿为序的文章。同为朋友,亦同为文人,这是古往今来常见的文体。这类的文章,最是难写。这一点,孙犁先生是清楚不过的。他说过:"作家是脆弱的,也是敏感的。"(《谈赵树理》)又说:"对于朋友的作品,是不好写的也不好谈的。过誉则有违公论,责备又恐伤私情。"(《忆侯金镜》)

但是,在这些书序和悼念文字中,直不辅曲,孙犁先生在对朋友热情和深情的怀念里,还是有直言或委婉的批评之词。这在当今悼念作家的文字中,是极其少见的。

比如对方纪,孙犁先生说:"他好做事,不甘寂寞。大量的行政交际工作,帮助他了解人生现实,在某些方面,也影响了他的艺术进展和锤炼。"他曾经将司马光的格言给予方纪:顿足而后起,杖地而后行。(《〈方纪散文集〉序》)

比如对郭小川,孙犁先生说:"我听说小川发表了文章,不久又听说受了'四人帮'的批评。我当时还怪他,为什么在这个时候,急于发表文章。"(《忆郭小川》)

比如对赵树理,孙犁先生说:"从山西来到北京,对赵树理来说,就是离开了原来培养他的土壤,被移置到了另一处地方,另一种气候、环境和土壤里。柳宗元说:'其土欲故。'"(《谈赵树理》)

这些文字,都还比较委婉。对田间,孙犁先生说得就比较直接了:"坦诚地说,我并不喜欢他这些年写的那些诗。我觉得他只在重复那些表面光彩的词句和形象。比如花呀,果呀,山呀,海呀,鹰呀,剑呀。我觉得他的诗,已经没有了《给战斗者》那种力量。"(《悼念田间》)

写得最直言不讳甚至很有些尖锐的,是对邵子南:"他有些地方,实在为我所不喜欢。"这个不喜欢的地方,孙犁先生明确指出是邵子南"整天的聒噪。"乃至都不愿意和邵子南同住一室。他还直言说邵子南:"他的为人,表现得很单纯,有时甚至叫人看着有些浅薄而自以为是……他的反映性很敏锐很强烈,有时爱好夸夸其谈。"他甚至直接指陈邵子南的作品:"他写的那个大型歌剧,我并不很喜欢。"(《清明随笔——忆邵子南同志》)

这样的悼念文字,起码我是没有见过的,常见的是那些锦绣文章,不吝美言或谀辞。对于这样的悼念文章,孙犁先生有自己明确的原则:"我所写的,只是战友留给我的简单印象。我用自己诚实的感情和想法,来纪念他们。我的文章,不是追悼会上的悼词,也不是组织部给他们做的结论,甚至也不是一时舆论的归结或摘要。"他说:"这些年来,我积累的生活经验之一,就是不语怪力乱神。"(《近作散文的后记》)在《读〈史记〉

记(上)》中，他还援引过班固论《史记》关于"文直、事核、不虚美、不隐恶"的话，这是古训，是他支撑这类文章的四根支柱。

在《悼念李季同志》一文中，孙犁先生说自己："我最担心的是别人不知道我的短处，因为这就谈不上真正的了解。"我们也就能够明白，在书写这些悼念文章的时候，孙犁先生为什么并不避讳说其短处。这是知人论世、论世知人的一种方式，更是待友的一种态度。

孙犁先生在说朋友的三原则时写道："直、谅、多闻之中，直最为重要。直即不曲，实事求是之义。"（《悼曼晴》）

能做到的人，不多。

八

孙犁先生对写信是情有独钟的。1983年，他写过一篇《书信》，开宗明义说："书和信相连，可知这一文体的严肃性。它的主要特点，是传达一种真实的信息。"这里所说的书信相连的"书"，指的是什么？书法？还是书籍？一直不明就里。浅薄的我，以为两者的元素都有吧，书的元素让信有了孙犁先生所说的严肃性；书法的元素，让信具用了艺术性。

在这篇《书信》里，孙犁先生还说："先哲有言，信件较文章更能传达人的真实感情,更能表现本来面目。"真实的信息,真实的感情,便是孙犁先生喜欢书信的主要原因。这样两种真实,恰恰是比文章本身更为可靠。读书信,更能看到真人真面目;读文章,则像看经过拍摄的照片,甚至是美颜后的照片。

没有人统计过孙犁先生一生写过多少封信。我想至少有上千封。如果将这些书信收集齐全,会是孙犁先生留给我们的一笔宝贵的文化遗产。

孙犁先生一生写信主要在这样几个方面,或者说这样几个时期:

一、学生时代,在保定读书时,他写给一位女学生信,几乎每星期写一封,应该不少,他自己说:"我忘记给她写了多少封信。"

二、战争年代,他给家里写信,给通讯员和文学爱好者写的信,下乡替抗属给在前方打仗的丈夫、儿子写信。

三、全国解放以后,可分为这样三个阶段:

1. 20世纪五六十年代,他当编辑(按他的说法是当"二副"——副刊组的副组长)的时候,给作者写的信;

2. 20世纪70年代初,给江西的那位女同志写的信,有一百一十二封,可惜,"后因变故,我都用来生火炉了";

3. 粉碎"四人帮"后,他给朋友、作者、编者和读者写的信。

应该说，写得最多、保存最多的，是这一部分，如今，在《孙犁文集》中可找到大部。其中最多是写给康濯的信，有一百多封，只是大部分尚未面世。

在这些信中，写给家人的最少，却最让人感动。孙犁先生记述了1944年他写给家人一封信的情景。他在延安窑洞里，"从笔记本里撕下一张纸，写了一封万金家书"。白纸正面，写给父亲；纸的背面，写给妻子，"她不识字，父亲会念给她听"。那时，家乡被敌人占据，父亲有病，长子夭折，实在是家书抵万金。孙犁先生写道："1946年，我回到家里，妻子告诉我，在一家人正要吃午饭的时候收到了这封信，父亲站在门口念了，一家人都哭了。"

替乡亲们写给前线的亲人的信，最让人难忘。1947年，孙犁先生写过一篇散文《像片》。那时候，乡亲们找他写信时候带来的信纸，都是剪鞋样或糊窗户纸剩下来的纸，亲手叠成的。用这样的纸写信并不好使，"可是她们看得非常珍贵，非叫我使这个写不可，觉得只有这样，才真正完全表达了她们的心意"。

如今，还有这样的信吗？

手机、电脑上的电子信件，无须驿路跋涉，时间等待，只须手指一点，瞬间即到。信纸和信封，邮票和邮戳，邮路和投递,都消失了。写在从笔记本撕下的纸上,写在剪鞋样上,写在糊窗户纸剩下来的纸上,那种最朴素最原始的信,也一并消失了。

九

《浇园》是孙犁先生1948写的一篇小说。小说写了战士李丹在乡下村姑香菊家养伤的一小段故事。故事不仅小,还简单,重点写井边打水浇园时两个人的一段交往。七月卡脖子旱的大热天,香菊要用辘轳打水浇园,从清早到夜晚。李丹伤好些终于可以下地了,来到地头,看见香菊打水,帮香菊打水。就这样一个事。这样的故事,该怎么写?

李丹从昏迷几天后睁开眼睛看见香菊,问她:"你是谁?我在哪儿? 我怎么没见过你?"香菊笑着说:"你没见过我?你睁过眼吗?"这是浇园前戏,生活气息很浓。当然,这一段,如果这样写,就不是孙犁了。香菊看见李丹睁开眼睛时,有这样一笔:他"望着窗户外面早晨新开的一枝扁豆花,香菊暗暗高兴地笑了。"扁豆花,一笔勾连战士和村姑彼此的心情。

这是孙犁先生早期小说常用的方法。《荷花淀》里水生嫂和村里的女人们找自己的丈夫时,在淀上划着小船,"顺手捞上一棵菱角来，菱角还很嫩很小，乳白色。顺手又丢到水里去"。一棵菱角和一枝扁豆花，孙犁先生总能信手拈来。

孙犁先生还特意写了鬼子姜和葫芦开的小白花，在井前的作用是遮蔽毒太阳，在小说中的作用，和扁豆花是一样的。李丹帮香菊打水，看见井水里面"浮动着晴朗的天空，香菊和鬼子姜的影子，还有那朵巍巍的小白葫芦花"。如果没鬼子姜和小白葫芦花，便只是打水。打水，再怎么写，只是打水，不是文学。

回家的路上，经过一块棒子地，香菊拔了一颗，咬了咬，回头递给李丹。李丹问："甜不甜?"香菊说："你尝尝啊，不甜就给你?"这是浇园后戏。这样充满生活气息和人物性格的话语，和前面"你没见过我? 你睁过眼吗?"相呼应。

"李丹嚼着甜棒，香菊慢慢在前面走，头也不回，只是听着李丹的拐响，不把他拉得远了。"没有任何的铺排和渲染，更没用情节的旁枝横斜，白描，淡淡的，逸笔草草，却将人物的感情和性格写得细腻，惟妙惟肖。

十年后，1958 年，茹志娟写了小说《百合花》，写的也是一个战士和村姑的故事。后又有电影《柳堡的故事》。写法已大不尽相同了。

四十七年后，1995 年，即孙犁先生封笔的那一年，写了

《记秀容》，不是小说，是一篇很短的散文。写的也是一位战士和村姑的事情。孙犁当时是战士。这则短文，只写了1948年初次见到秀容、1949年进城偶遇秀容、1960年困难期间，秀容带半斤点心看望养病在家的孙犁、1995年春节秀容带着一筒西洋参麦乳精看望大病初愈的孙犁，这样四段交往。简洁勾勒出从十七岁到六十四岁秀容的人生轨迹的一个侧面。这个侧面，便是一个村姑和一位作家平淡如水却也清澈如水的感情。我想正因为这样的感情，才会让孙犁先生曾经专门为她写过一首诗。这篇短文，已经彻底地铅华洗尽，没有了扁豆花、葫芦花和鬼子姜，瘦瘦的，只剩下冰凉的骨架，立在文学的淡处，人生的深处。

这是晚凉笔墨，一局收枰，满纸清癯。

十

1985年，孙犁先生写《耕堂读书记》中，有一节《读〈沈下贤集〉》，《沈下贤集》是鲁迅喜欢的书，也为孙犁先生重视。沈下贤是唐人，杜牧曾经过他的故居时专门为他写过一首七言绝句《沈下贤》，赞美"斯人清唱何人和"。

在《读〈沈下贤集〉》中，孙犁先生引用了沈下贤《冯燕传》

的一段文字。《冯燕传》很短,全文四百五十五字,所引只有六十九字,集中了冯燕、张婴、张婴妻三人一段惊心动魄的故事。冯燕与张妻偷情之时,张婴醉归,张妻忙用衣裙遮挡冯燕藏在门后,张婴倒头呼呼大睡,冯燕看见自己的头巾和佩刀都还在枕旁,便指头巾让张妻取来给他,张妻以为他要的是佩刀,便把刀递给冯燕。冯燕用刀砍下了张妻的头。

孙犁先生接下来有这样一段议论:

我们不去评论文章中道德观念的是非,只是说明沈下贤体物传情之妙。这样一个三角关系,一个出人意外的结局,如果放在今天开拓型作家手里,至少可以写成十万字的中篇小说。

读完这段话,我想起了前一则所说孙犁先生的那篇小说《浇园》。如果放在今天,也会有作家将一个村姑和一个战士浇园的故事,演绎铺排成十万字的中篇小说。应该不在话下。

2021年岁末写毕于北京

我与孙犁

耕堂闻见集　卫建民

欲说的回顾　冉淮舟

忆育孙孙犁　宋曙光

清风犁破三千纸　肖复兴

孙犁教我当编辑　谢大光

策划编辑　宋曙光
　　　　　张素梅
责任编辑　岳　勇
装帧设计　汤　磊
封面题签　赵红岩

上架建议：文学·散文
ISBN 978-7-201-18585-9
9 787201 185859 >
定价：46.00元